O PRESIDENTE E O SAPO

O PRESIDENTE E O SAPO

Carolina De Robertis

Porto Alegre · São Paulo · 2022

TRADUÇÃO
Davi Boaventura

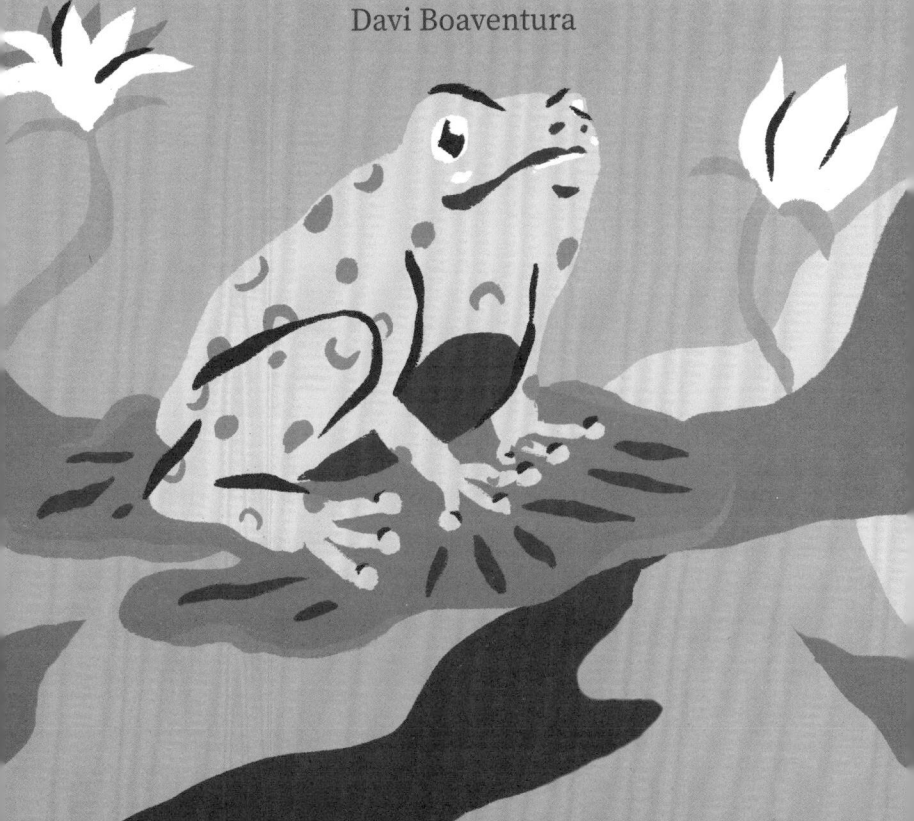

Copyright © 2021 Carolina De Robertis
Mediante acordo com a autora. Todos os direitos reservados.
Título original: *The president and the frog*

CONSELHO EDITORIAL Eduardo Krause, Gustavo Faraon, Luísa Zardo, Rodrigo Rosp e Samla Borges
TRADUÇÃO Davi Boaventura
PREPARAÇÃO Rodrigo Rosp e Samla Borges
REVISÃO Bruno Palavro e Evelyn Sartori
CAPA E PROJETO GRÁFICO Luísa Zardo
FOTO DA AUTORA Lori Eanes

DADOS INTERNACIONAIS DE CATALOGAÇÃO NA PUBLICAÇÃO (CIP)

D278p   De Robertis, Carolina.
O presidente e o sapo / Carolina De Robertis ; trad. Davi Boaventura — Porto Alegre : Dublinense, 2022.
192 p. ; 21 cm.

ISBN: 978-65-5553-066-7

1. Literatura Norte-Americana. 2. Romances Norte-Americanos. I. Boaventura, Davi. II. Título.

CDD 813.5 • CDU 820(73)-31

Catalogação na fonte:
Ginamara de Oliveira Lima (CRB 10/1204)

Todos os direitos desta edição
reservados à Editora Dublinense Ltda.

Av. Augusto Meyer, 163 sala 605
Auxiliadora • Porto Alegre • RS
contato@dublinense.com.br

Para quem um dia já sentiu desespero

amor y ánimo

Nós vivemos em um mundo maravilhoso,
mas nem sempre enxergamos suas maravilhas.
José Mujica, ex-presidente do Uruguai, 2017

dioniso: Vão em frente. Continuem a coaxar. Para mim, tanto faz.
coro de rãs: Pois vamos até nossas gargantas não aguentarem mais.
Vai ser o dia inteiro, o dia inteiro sem parar.
dioniso: Brequequequex coax coax
De mim, vocês nunca vão ganhar!
coro de rãs: É você quem não tem como triunfar, você não chega aos nossos pés.
Aristófanes, As Rãs, 405 a.C.

Era uma vez, em um país quase esquecido, em uma certa tarde no meio de novembro, um velho homem sentado na mesa da sua cozinha, escutando o mundo ao redor. Nenhum carro por ali, pelo menos ainda não, apenas uma brisa que fustigava o vidro da janela e a cantoria de um solitário tordo teimoso. Os repórteres estavam prestes a chegar, com seus braços cheios de equipamentos e suas cabeças cheias de perguntas, agindo do jeito que eles costumavam agir na casa do velho homem: atônitos, desorientados, como se tivessem acabado de pousar em um ponto ainda não mapeado do planeta. Como se fosse um milagre, aquele homem em uma casa maltrapilha, como se — e esta era a parte que mais o divertia — *como se ele fosse um homem normal*. Era esquisito o quão perplexos eles ficavam, independente da pesquisa e do quão preparados estavam, independente do quanto eles já sabiam a respeito do famigerado Presidente Mais Pobre do Mundo, um homem que governou seu país mesmo morando em um lugar que, bom, um lugar como aquele, como é que podia ser verdade, aquela casa, devia ser engano, entraram pelo portão errado, não era possível que ele tivesse escolhido aquelas quatro paredes ao invés do palácio presidencial, como alguém podia governar um país de uma residência tão humilde nos arredores da cidade, de um lugar que, segundo os padrões de alguns dos países de onde eles decolavam, era muito mais ruína do que casa; por que alguém iria sequer tentar governar de um lugar assim; por que, por falar nisso, alguém iria doar mais da metade do seu salário para a caridade, especialmente sendo o presidente? Devia existir algum outro motivo, algo além do que o público já tinha ouvido falar. E eles quase sempre começavam com esse tema, perguntas tingidas de descrença e também de uma espécie de arrogância jocosa, como se eles realmente achassem que eram os primeiros a perguntar, como se, por perguntar, eles pudessem desencavar uma verdade soterrada, jamais banhada pelo sol.

Uma primeira pergunta bastante comum era *por quê? Por que viver do jeito que o senhor vive?*

Foram várias entrevistas durante a presidência, e mesmo agora, quando ele já não é mais o líder da nação. Ele achava que as coisas iam se acalmar depois do final do mandato, só que os convites continuaram a aparecer. Ele precisou se tornar mais exigente, mas, ainda assim, não parou. Ainda não. Não até ser obrigado a parar. Porque sempre tinha tanto a se fazer. Ele observou algumas partículas de poeira dançarem sob um raio de luz, logo acima da bagunça que se alastrava pelo balcão da cozinha. Quanta poeira. Ele tinha limpado todas as bancadas pela manhã — não exatamente embaixo dos potes e das garrafas e das xícaras que se congregavam exuberantes por ali, e sim ao redor de cada utensílio — e também varreu o piso levemente irregular, mas ali estavam elas, as partículas de poeira, flutuando lânguidas pelo ar, como se o tempo a elas pertencesse.

Um motor do lado de fora. Ele se aproximou da entrada. Sim, lá estavam eles, na frente do portão. Uma van.

Duas pessoas desta vez, um homem e uma mulher, da Alemanha, ou será que eram da Suécia, ele não conseguia se lembrar, sua agenda estava tão cheia que as pessoas viravam todas farinha do mesmo saco — embora fossem sempre muito bem-vindas. Esses dois pareciam jovens, flexíveis, estavam ocupados desembarcando e organizando os equipamentos e ainda não o tinham visto na entrada da casa. O ar da primavera estava adorável, o mais quente até agora, aquele tipo de sol de novembro que flerta com a sua pele, tímido diante do sol que ainda está por vir. Um ótimo dia para uma entrevista no jardim. Ele tinha educadamente sugerido o jardim, mas na verdade era o único lugar possível. Em geral, com dois deles e mais a câmera a ser acomodada em cima de um tripé, o espaço na cozinha conjugada e na salinha anexa nunca era suficiente, e eles também não ficavam satisfeitos com a luz interna, não havia nenhum cenário deslumbrante por ali, rá, nem de perto, nada como as janelas majestosas e as molduras fabulosas da residência presidencial do seu país ou dos países que ele visitou como chefe de Estado, mas, apesar disso, ou, de uma maneira mais acurada, justamente por isso, ele sabia que eles iam querer ver o interior da sua casa e fazer a própria filmagem, captar imagens de — olhem, vocês conseguem imaginar, que notícia urgente! — como um idoso vive e, na verdade, ele pensou, não importa o que sair da boca deles, é o que você é, um idoso.

A repórter disse alguma coisa para o câmera, levantou a cabeça e capturou o olhar do ex-presidente. Ela sorriu com um prazer genuíno e acenou. Estava de tênis, nada de salto alto, uma mulher sensata e razoável com, provavelmente, seus quarenta e poucos anos, mais velha do que o câmera de ombros largos, cabelo desgrenhado e aparência de um surfista que está sempre saudoso do seu mar mexido, uma mulher que se parecia mais com, digamos, uma diretora de colégio infantil, acolhedora e com olhos de águia. Existiam entrevistas e entrevistas, e essa repórter, ele percebeu, observando a mulher atravessar a trilha na entrada da casa, não era uma daquelas jornalistas previsíveis que se contentavam em pairar pela superfície. Ela talvez não fosse mais uma a começar com a mesma pergunta de sempre, a pergunta sobre a casa, sobre seu estilo de vida, aquele grande Porquê. Ela parecia ser do tipo que começava pelo fim, ou até pelo meio, como aquela recente eleição desastrosa na América do Norte, uma catástrofe que ainda lançava seus primeiros murmúrios contra o resto do mundo, junto com algumas perguntas que certamente estavam na ponta da língua de muitos jornalistas, como *que diabos a gente faz pra seguir em frente?*, *qual vai ser o significado de tudo isso?, e agora?* — ou talvez ela começasse lá atrás, em tempos pré-históricos, seus anos de guerrilha, seus anos na cadeia, talvez aquela outra pergunta também muito comum, que era *como?, como você sobreviveu e se tornou, bom, eh, você mesmo?* Meio que um mergulho arriscado em águas mais profundas, e ela parecia ser capaz de dar esse pulo, os mais inteligentes muitas vezes pegavam aquela via, pressupondo que ganhariam assim um pouco mais de tempo para cavar no fundo do oceano em busca dos segredos que estavam à espera de serem revelados. Como se segredos fossem pérolas dentro de ostras, escondidas em conchas craqueladas — e já que ele mesmo era um velhote craquelado, por que não? Eles adoravam se imaginar como mergulhadores de pérolas, aqueles profissionais sobre os quais você lê em outros países e que enfiavam a faca e futucavam uma concha depois da outra. Havia um nome para eles, qual era, ele não conseguia lembrar, não era a primeira palavra a fugir da sua mente naquela semana, que droga, mas o que ele podia fazer, pelo menos ainda era forte o suficiente pra um monte de coisa e, em todo caso, o nome não importava, era como eles realizavam o trabalho, as pessoas das pérolas, tateavam com as pontinhas dos dedos enquanto os repórteres se aferravam às suas perguntas.

Toc-toc, o que será que tem aí?

Ele não queria mais ninguém futucando sua concha, não hoje, ele pensou, com uma pitada de pânico, se sentindo um tanto quanto assustado, porque qual era a questão, ele sabia como enfrentar uma entrevista, ele podia ser entrevistado até dormindo, e não havia nada mais a ser encontrado, havia? Que segredos aquela mulher talvez-alemã-talvez-sueca andando na sua direção poderia descobrir? O que sobrou para ser descoberto nele? Obviamente, ela sabia que não havia ali muito de novo para se desvendar.

Ele não aguentava mais.

Aquela exposição já durava anos.

Ele tinha oitenta e dois, repleto de chiados e dores e marcas de bala que coçavam a cada variação de clima. Contou suas histórias e respondeu às perguntas e ostentava a reputação de ser um homem que adorava conversar, o que era verdade, ele conversou e conversou muito ao longo desses últimos anos, os anos presidenciais, sobre os dias de antes, os dias de hoje, os dias que-ainda-vão-vir-e-vamos-ver-no-que-vai-dar, ele falou mais palavras do que imaginava ser possível falar durante toda a vida de uma pessoa. Quando era menino, ele costumava imaginar que, em algum lugar do Paraíso (pois essa fantasia se desenrolou naquele estágio inicial da infância em que ainda se acredita na existência de um Paraíso), uma grande profusão de caixas registradoras computava todas as palavras faladas pelos seres humanos do mundo, e que uma nova caixa registradora surgia reluzente pelos corredores a cada vez que uma nova criança nascia, e tudo o que você precisava fazer para saber a soma de todas as palavras da sua vida era percorrer o Paraíso e encontrar essa bela máquina com o seu nome, como aquelas máquinas antigas que apitavam alegres toda vez que você guardava ou retirava algum dinheiro da gaveta, uma máquina sempre resplandecente, que, ao invés de mostrar o número de pesos no seu pequeno mostrador, exibia a quantidade de palavras que você falava na vida. E que registrava cada sílaba que alguma vez você proferiu em um recibo brilhoso e quilométrico. Pois então. Se esse lugar existisse, ele com certeza teria a maior bobina entre todas as pessoas vivas. Sim, aconteceram aqueles solitários anos de silêncio, mas, caramba, desde então ele realmente compensou o tempo perdido. Que loucura seria poder conferir o número da sua caixa-de-palavra-pessoal lá no éter. Como o impressionava, sua fé infantil, capaz de acreditar que o universo iria se incomodar em guardar registros tão elaborados das vidas faladas de cada pessoa. Mesmo que essa possibilidade existisse, por que o universo iria se incomodar? Naturalmente, ele aprendeu, enquanto ficava mais velho, que o oposto era verdadeiro: a maior parte dos discursos humanos terminava obliterada, esquecida, inclusive hoje em dia, na era dos aparelhos onipresentes que documentam todos os seus sons, e com certeza não existia nada parecido com o que ele imaginava, nenhuma galeria de engenhocas celestiais, nenhum recibo quilométrico, nenhum sistema de preservação. Na melhor das hipóteses, as forças do mundo se inclinavam para o apagamento. O que existia era somente as pessoas, suas vozes e o ar que as sustentava vivas, com o rio do tempo arrastando toda e qualquer coisa pelo caminho.

Ainda assim. Nem todas as palavras desapareciam. E, quando desapareciam, não era um gesto sem significado. Ele muitas vezes ouviu as pessoas dizerem que falar era um negócio barato, mas não era verdade. Falar era uma coisa mágica, transformava o mundo, era um signo de poder quando você sabia operar a fusão entre a fala e o que realmente importava e introjetar suas ações nas letras, como se elas fossem flechas. Falar foi o que o fez ser quem ele era. Falar era seu único dom e sua herança: ele nasceu em uma nação de gente conversadeira, uma nação onde você parava por um minutinho e terminava ficando por horas, em conversas regadas a vinho ou uísque ou mate. A conversa tece e costura o mundo. Essa era uma questão que alguns repórteres estrangeiros não entendiam; eles corriam com suas listas de perguntas e não sabiam como se aprofundar no compasso das trocas. Alguns jornalistas chegavam tão deslumbrados e hipnotizados pelos seus próprios objetivos que ficava bem claro, desde o início, que eles só conseguiriam mergulhar até determinado ponto, então o ex-presidente os mantinha na superfície e logo os mandava embora. Na maior parte das vezes, quando a dispensa acontecia, os repórteres pareciam satisfeitos. Essa mulher, no entanto, parecia ser diferente. Ele podia notar só pelo seu jeito de andar ao atravessar o terreno; ela parecia ter o dom da escuta, e aquela podia mesmo ser uma entrevista singular — um pensamento que deu a ele a sensação de ter o chão desabando sob seus pés (embora ele não deixasse tal sensação transparecer, revolucionário treinado que era), e o que era aquilo, aliás, aquela tremedeira interna, não era exatamente medo, e sim alguma outra coisa, o calor da tentação, o possível tatear nas conchas que querem de fato se abrir, porque quem é que ele queria enganar, por que fingir, é claro que ele possuía dentro de si espaços fechados que ainda não haviam sido cutucados e escancarados, segredos soterrados que nenhuma entrevista havia tocado, é claro que algumas partes das intermináveis histórias nunca haviam sido contadas, apesar de terem sido milhares de entrevistas, e obviamente ele se abriu, de que outra forma teria sido possível, mas, venha cá, você acha que um velho guerrilheiro como ele vai mesmo botar todas as cartas na mesa? Claro, ele deixou as coisas às claras, contou tudo, foi o presidente mais honesto do mundo, tornou-se infame por dizer qualquer coisa que surgisse no seu pensamento desde que fosse verdade, mas, mesmo assim, ele tinha camadas, e depois mais camadas, como qualquer outro ser humano. Versões íntimas da sua própria história que você não compartilha com o mundo; os momentos mais profundos, os mais estranhos, os momentos nos quais você sugou o sumo da vida, mas nunca entendeu por completo. E aquele era o problema com o dom da escuta: ampliava todo o espectro da questão, e de repente você se descobria enrolando, você começava a divagar, você não sabia mais o que dizer na sequência ou o que poderia surgir inesperadamente. A mulher estava na frente dele agora, estendendo a mão para um cumprimento tão típico do Primeiro Mundo, seu rosto acolhedor, seu cinegrafista logo atrás dela. Para sua surpresa, o ex-presidente sentiu o passado se erguer dentro dele com uma plenitude estrondosa e, apesar de saber que ele não iria contar — ele nunca tinha contado, nunca iria contar e sabia da impossibilidade que era expressar aquilo em palavras —, sentiu o quanto estava vivo seu segredo mais reservado, aquela história esquecida de quarenta anos antes, a história que poderia, de uma vez só, responder metade das perguntas dos repórteres: a história do sapo.

Quase não se via luz naquela porcaria de buraco. Ele estava sozinho, preso há quatro anos já, e se sentia morto por dentro. Claro, nenhum sinal de que aquela coisa ia acabar um dia; não havia nenhuma sentença, assim como não houve nenhum julgamento, então aquele buraco ou qualquer outro buraco que eles escolhessem jogá-lo dentro continuaria sendo o mundo inteiro para ele enquanto a ditadura perdurasse. No dia em que conheceu o sapo, ele tinha evacuado no cantinho porque não deu tempo de esperar pela viagem encapuzada até a latrina, e ele sabia que ia apanhar pelo que fez, mas e daí, ele pensou, outra surra, que novidade. Que merda de lugar, ele pensou, e imaginou seus velhos camaradas gargalhando daquela piada batida, e se imaginou caindo na risada também, embora seu corpo não conseguisse reagir da maneira mais adequada. Ele sabia que dois dos seus companheiros, dois irmãos de armas, estavam em algum lugar ali por perto, ou pelo menos estavam quando ele chegou; os três haviam sido transportados no mesmo caminhão militar, do último conjunto de celas para este agora, todos vendados, sussurrando alto o suficiente apenas para confirmarem que um estava do lado do outro. Mas isso foi no caminhão; assim que o translado acabou, a carga foi acomodada em isolamento total. Portanto, tanto faz se esses camaradas estavam próximos ou distantes, eles estavam fora de alcance. Ele não podia escutá-los, eles não podiam escutá-lo. Um metro, um quilômetro, uma constelação de estrelas — o que é que importa quando a desgraça é absoluta? Sozinho. A única luz entrava por quatro pequenas frestas em uma tampa de metal lá no alto, que os guardas deslizavam para o lado quando queriam descê-lo até a cela ou puxá-lo para cima na hora do banheiro. A comida descia por um balde amarrado em uma corda. Só por aquela luz minguada lá em cima, com seus rastros frágeis, ele sabia que era dia. A sujeira era pegajosa, os hematomas eram tantos que não dava mais nem para contar e ele estava desconectado do próprio corpo, incapaz de compreendê-lo, como se seu corpo fosse um livro escrito em um idioma que já se começou a esquecer.

Era o fim do mundo.

E, no final das contas, o mundo podia, sim, acabar e você ser abandonado nele ainda vivo, perdido, sem nada que pudesse te ajudar a resolver o apocalipse.

O movimento, seus amigos, sua família, a segurança deles, a segurança de qualquer pessoa, um país onde era possível respirar. Tudo acabado. O país que ele conhecia tinha acabado. Ele havia lutado para que aquele país se tornasse um lugar melhor, mas, pelo contrário, o país colapsou. Um país pode entrar em colapso e se tornar uma ruína. O mundo era uma ruína e ele também. Por semanas, ou o que ele achava que eram semanas, ele conversou com as formigas e com as aranhas esparsas que desfilavam pelo buraco. Sua repugnância em relação a elas tinha desaparecido, ofuscada pela sua repugnância em relação a si mesmo. O que era uma inofensiva fila de formigas quando comparada a toda aquela merda nojenta no canto e à sua caixa torácica e à sua consciência? Olá, ele dizia a elas, o que vocês estão fazendo hoje, o que vocês estão carregando, é pesado, é gostoso, vocês estão passeando, onde vocês vão? E você, aranha, você gosta de andar pela minha coxa, né, tá bom então, por que não, sente aqui, tanto faz que caralho você vai fazer, e me diga, onde você nasceu, onde você vai morrer, não vai ser na minha coxa, pelo menos isso posso te garantir, porque, né, por que eu iria esmagar você, a gente já não está cansado dessa coisa toda?

Mas elas nunca responderam — nem as formigas, nem as aranhas, nem a sujeira, nem o raio de luz — até aquele dia específico, quando uma voz surgiu do meio da imundície.

Bom dia.

Ele olhou ao redor, lá em cima, na tampa no buraco, e de um lado para o outro.

Bom dia.

Acho que finalmente perdi o juízo, ele pensou, com certa dose de alívio.

Aqui embaixo.

Ele olhou para baixo. Um sapo. Não era muito grande, nem muito pequeno, um verde amarronzado, olhos que pareciam piscinas, cheias de um líquido preto. Ele não piscava.

Você?

Sim, eu. O que é, você pode conversar com as formigas mas não comigo?

Você escuta meus pensamentos?

Estou te escutando muito bem.

Mas eu não disse nada em voz alta.

O que é injusto, inclusive. Com as formigas você nunca cala a boca. Com as aranhas você parece uma velhinha arrumando a porcelana chique na mesa e conversando sobre as plantas da casa. Mas e eu? E comigo? Você não vai nem falar alguma coisa?

Ele ficou sentado, quieto. Ele não tinha falado nada — tinha? Será que ele perdeu até mesmo o poder de distinguir entre o que era pensamento e o que era fala? Talvez fosse o caso de usar sua voz de maneira consciente, seria um jeito de entender. Ele limpou a garganta.

— Isso não está acontecendo.

Hahaha, então você me explique, se isso não está acontecendo, o que é que está?

O sapo não abriu a boca ao falar, mas sua garganta se mexeu no ritmo exato das suas palavras.

— Vá embora.

Sério. Você está aqui sozinho nesse buraco fedorento e vai mandar embora sua única visita?

— Eu... Some daqui!

Ele não conseguiu entender por que suas tripas se contorceram daquele jeito, o que é que estava acontecendo para ele sentir tanto frio e logo depois tanto calor, mas sua boca estava aberta e ele escutou um grito — e ele já tinha aprendido, logo nos primeiros dias, que os gritos eram sempre dele mesmo.

— Vai, se manda!

Você é um babaca.

E assim o sapo pulou para um dos cantos do buraco e desapareceu.

Por dois dias, depois da primeira visita, o homem esperou pelo retorno do sapo. Mas o sapo não voltou. Ele decidiu, então, em um momento de lucidez — sua barriga não estava exatamente cheia, mas o mais cheia que conseguiu estar em dias, forrada por uma camada de mingau ralo —, que ele tinha imaginado a coisa toda. Tinha enfim perdido a noção da realidade. Bom, veja, melhor assim, já era hora, foda-se a realidade, ele pensou, não quero mais me agarrar a essa merda, meus dedos estão muito machucados pra isso.

Quatro anos de prisão. Nenhum contato com outros seres humanos. Uma solidão profunda.

Mesmo os guardas que baixavam a comida na cela não tinham permissão para falar com ele.

Permanecer humano, em qualquer época, pode ser um fardo, a tortura e também a solidão, o calor e também o frio, a fome e a sede, a escuridão e a praga do excesso de luz, o silêncio e a praga dos guardas barulhentos. Enlouquecer, portanto, soava como um presente, um afago complacente, uma autorização para se deixar ir e flutuar, as mãos cansadas desistindo de se agarrar à mente, ele afinal chegou naquele ponto, podia enfim abrir mão de controlar a porra da cabeça, parar de se debater naquela tentativa de manter suas feições humanas. Mas não. Não. Seu treinamento na guerrilha cresceu dentro dele, flertar com a tentação era uma vergonha. Ele não tinha permissão. Quem ele achava que era? A loucura tem seus perigos, afinal. Se ele deixasse sua cabeça quebrar por inteiro e eles o torturassem de novo, como é que ia ser?

O que ele iria confessar?

Quem ele iria dedurar?

O que ele seria capaz de fazer?

Todos eles se entranharam uns nos outros e nos jovens camaradas que se juntavam à luta. Para um revolucionário, a insanidade é uma zona perigosa, um luxo proibido, uma conta que não se pode pagar — e ninguém nunca mencionou o fato de que talvez não fosse uma questão de escolha, que a insanidade podia te atormentar independente de você aceitá-la ou não. Todas as coisas precisavam estar alinhadas, tudo muito bem-organizado, cada coisa no seu lugar, pelo bem da revolução.

Parecia tão perto, a revolução, lá atrás. Ele podia sentir seu gosto no vento, vislumbrá-la na penumbra produzida pelos postes de luz debaixo da chuva escura, nos lábios fechados dos camaradas cujos nomes reais ele nunca conheceu, mas com quem arriscou a vida, aqueles homens e mulheres, mais jovens do que ele, tão jovens que eram quase crianças. Todas aquelas pessoas respirando o aroma da revolução que pairava pelo ar, embriagadas pela revolução, ou lúcidas graças a ela, a depender de qual ponto de vista você encarava a situação, e na cadeia ele teve muito tempo, tempo demais, para refletir sobre sua vida, de todos os ângulos possíveis. Cada milímetro do seu pensamento foi esquadrinhado. O sonho esteve ao alcance das mãos, prestes a acontecer. Era só virar a esquina. E então tudo virou uma ruína. Agora seu corpo e seu país estavam arruinados. Do seu corpo, ele podia lidar com a perda, mas seu país, seu amado pequeno país no cantinho do mundo, essa era a ruína que dilacerava seu coração. Um país pode ser morto e esfolado, como um cachorro, como um homem — uma noção que ele só conseguiu entender depois de ver acontecer, era algo que ele antes não imaginava, mesmo quando as conversas nas reuniões secretas desaguavam em animosidades, mesmo quando eles estudavam os fracassos de outras nações, mesmo naqueles momentos ele não foi capaz de compreender, de verdade, a ideia de que um país inteiro — não o povo do país, mas o *próprio país* — podia ser um organismo muito frágil. E agora estava tudo acabado. Não existia mais esperança. A esperança era a pele que tinha sido esfolada. Todo mundo estava preso ou tinha fugido pra se salvar ou se sentia paralisado pelo pânico, prisioneiros e exilados e pessoas escondidas, liberdade e segurança eram conceitos do passado e portanto, de fato, se ele parasse para pensar, o rigoroso treinamento que insistia em esbravejar dentro dele talvez não fosse mais tão relevante; talvez ele pudesse, sim, perder um pouco do juízo, se conseguisse pelo menos ter certeza de que aquela necessidade já não era mais tão presente, de que não importava mais, de que não havia mais ninguém a ser salvo.

O outro refúgio possível era a morte.
Morte e loucura, os campos verdejantes que ninguém alcança. Uma amalgamada na outra. Toque uma delas e o universo inteiro pode se pintar de tons de esmeralda. Perto, perto, perto o suficiente para se provar o gosto.

O sapo voltou. Onde ele tinha estado nos últimos três dias era impossível saber. O homem sabia que haviam se passado três dias porque a luz da manhã que atravessava as frestas, mesmo tão tênue, o acordava e brutalmente o arrancava do sono e o forçava a começar uma longa e lenta rotina de encarar a parede. Mas agora, naquele dia, quando o homem que um dia viria a ser presidente viu a criatura agachada nas sombras, ele pensou, com uma leve euforia espiritual, que tinha acontecido, você conseguiu, você ficou louco, depois de todas essas horas se perguntando se sim ou se não, como se estivesse arrancando as pétalas de uma margarida — eu perdi o juízo, eu não perdi o juízo, eu tenho o direito de enlouquecer, não, eu não tenho —, você talvez tenha enfim encontrado uma resposta. Muito bem. Companhia muito bem-vinda. Se é para ficar louco e ser obrigado a viver, melhor ter pelo menos alguém com quem conversar.

— Você voltou.

E você? Continua sendo um babaca?

Não era o que ele esperava. Ele se sentiu murcho.

— É assim que vai ser entre a gente?

Por que não?

A esperança foi engolida pelo desgosto.

— Porque...

Oooooh! Porque...!

— Me deixe em paz.

Por que eu deveria?

— Estou tentando morrer.

Que ideia idiota, hein.

— Como é que é? — ele se viu surpreso, não sabia como responder. A empáfia. Se aquele sapo era uma invenção da sua própria mente desmiolada, que direito ele tinha de insultá-lo? — Vá cagar em algum lugar.

Você já resolveu essa situação por mim.

— Hahaha, muito engraçado.

É realmente uma estupidez.

— Cagar?

Tentar morrer.

— Não, não é. Você não entende — alguma coisa se abriu dentro dele, livre; o que era? Não era raiva. Não exatamente. Ele não sabia o que poderia ser. — O mundo está destruído, não existe mais, acabou.

É o que você acha.

— E como vou conseguir achar alguma outra coisa? Você já foi lá fora?

Sim, já fui lá fora e já vi o sol.

— Você é um sortudo miserável.

E daí? Você já esteve lá fora?

— Você acha que eu nasci neste buraco aqui?

Pois bem. Quando você foi lá fora, você viu o sol?

Ele não era o sapo, o sapo não era sua própria consciência, mas por que aquelas perguntas cutucavam e incomodavam daquela maneira?

— Sim, eu vi — ele disse, e sua memória divagou até o Antes, e ele pensou nas suas plantas, nas suas flores, nos talinhos delicados que ele cultivava no quintal e cortava para vender nos mercados a céu aberto, o sorriso das senhoras quando, junto das mercadorias, ele distribuía elogios para que elas se sentissem jovens outra vez e levassem as flores apertadas junto do peito no caminho até suas casas, onde iriam enfeitar a bagunça das suas salas, um alívio contra a tristeza e a nostalgia, um conforto em um vaso, uma saudação às sepulturas, pétalas para absorver o sol, um negócio humilde com o qual ele sustentava sua vida e também a da sua mãe, ainda que não, espere, ele não conseguia, não podia pensar na sua mãe, não naquele lugar e não daquele jeito. — É claro que eu vi.

Então você já devia saber um pouco melhor das coisas.
— Oi?
Você não sabe de nada com nada.
Agora, sim, ele *estava* nervoso.
— Nem você.

O sapo inclinou a cabeça. Um movimento inesperado. Sapos, então, podiam inclinar a cabeça; ele nunca teria imaginado. Era estranho o quão rápido aquela criatura conseguia embaraçar seus pensamentos, tão rápido que ele logo esquecia com quem — com o quê — estava falando. Que porra ele queria dizer? Que coisas ele precisava saber? E o que o sol tinha a ver com isso?

Não sou eu que estou planejando morrer aqui.
— Eu não... Não vou... Ah, cala a boca.

Beleza, o sapo disse, e o homem ficou surpreso por sentir uma pontada de arrependimento quando ele pulou para longe dali.

— **F**icamos empolgadíssimos — a repórter disse — quando você nos concedeu esta entrevista. Sabemos como sua agenda é atribulada.

O ex-presidente sorriu.

— Mas aqui estão vocês.

— Sim — ela deixou seus olhos correrem pelo ambiente.

— Aqui estamos nós.

Eles estavam na cozinha, onde, como ele tinha previsto, o câmera quis gravar algumas imagens antes de se acomodarem todos do lado de fora. O segredo, quando a câmera se aproximava, era fingir que ela não existia. Quanto mais natural, melhor, ele sabia, e natural era, sem dúvida nenhuma, uma característica que se adequava a ele. Nos últimos anos, centenas de câmeras entraram na sua casa, uma construção de três quartos que, aos seus olhos, era bastante normal, o suficiente para ele e a esposa, mas cujo espaço ele começou a enxergar de outra maneira depois de trabalhar pela primeira vez no escritório presidencial, no centro da capital. Aquele escritório — o cômodo em si — era duas vezes o tamanho da sua casa inteira; o que ele devia fazer com todo aquele espaço vago? Durante seu mandato na presidência, o espaço foi preenchido por presentes vindos de toda parte do mundo, de alguns reis e também de estrelas do rock mais famosas do que os reis. Ele trabalhava lá durante o dia e voltava à noite para esta pequena casa rural que ele chamava de lar, e ainda assim, sempre, ela era mais do que suficiente. Ele não exatamente rejeitava o título não oficial com o qual foi agraciado, o de Presidente Mais Pobre do Mundo — ele sabia que as pessoas falavam assim por admiração ou por afeto —, mas ele sempre o recusava quando a oportunidade surgia. Eu não sou pobre, ele dizia, porque, no final das contas, o que significa ser uma pessoa rica? Os ricos de verdade são aqueles que nada desejam, que têm todas as suas necessidades satisfeitas, então, se as suas necessidades são simples e você é capaz de satisfazê-las, você é rico. Enquanto isso, os verdadeiros pobres são as pessoas com muito dinheiro que não param de correr atrás de mais. Ou que fazem coisas terríveis para conseguir mais. Especialmente esses, eles são os mais miseráveis de todos, porque seus espíritos estão degradados, seus espíritos estão em ruínas. E, nesse caso, me diga, quem é realmente o presidente mais pobre do mundo?

Um mate. Ele resolveu preparar um mate. Uma coisa lógica a se fazer se você está na cozinha com tempo livre. Ele pôs a água para ferver.

— O voo de vocês chegou hoje? — ele perguntou.

— Sim — a repórter disse. — Precisamos de três voos para chegar aqui de Oslo.

Oslo. Huum. Nem Alemanha nem Suécia então, e sim Noruega. Um país pequeno, ele sabia, embora não tão pequeno quanto o seu. Era estranho o que acontecia com a sua reputação, como ela se espalhava pelo mundo; ele continuava a se espantar toda vez que testemunhava um vislumbre da sua popularidade lá fora. Em certa medida, ele era muito mais amado em outros países do que no seu. São as pessoas que observam de perto sua liderança que enxergam suas verrugas e suas pústulas, que têm motivos para se sentirem decepcionados diante do que você não consegue resolver. Mas não era hora de se perder em lamúrias. O ex-presidente seguiu cevando seu mate na cuia, enchendo-a com dois terços de erva e abrindo um buraco no canto, derramando um pouco de água fria no buraco para a erva não escaldar e acomodando a bombilla na posição correta. O ritual mais reconfortante. Ele nunca encarou como favas contadas a liberdade de preparar um mate, muito menos depois dos anos que passou sem essa possibilidade. Sem tantas coisas. Quando a água estava pronta, o velho homem despejou o líquido em uma térmica, passou a água da térmica para a cuia, bebeu um pouco, encheu a cuia outra vez e a ofereceu ao câmera, que balançou a cabeça de maneira apologética, e então à repórter, que aceitou a oferta com uma delicadeza que beirava a reverência. Essa reverência era para a cuia ou para o indivíduo que a oferecia? Como essa mulher o enxergava? Que estranha era a inabilidade de se enxergar por inteiro através dos olhos de outra pessoa.

— Esse canudo de metal, essa é a bombilla... Não mexa nela — ele avisou —, mesmo que você queira mexer.

Ela paralisou diante daquela nova informação, como estrangeiros costumavam paralisar quando se viam à beira da transgressão. Ela estava prestes a mexer. Eles sempre queriam mexer. Parecia existir uma qualidade muito humana, quase primitiva, no impulso de mexer.

— Ela precisa ficar parada, ou as folhas vão entrar onde não devem, e aí não dá mais para beber direito.

— Entendi — a repórter disse. Ela bebeu. Tomou alguns goles, depois entregou a cuia de volta. — É muito gostoso — ela disse, educada.

Ele encheu a cuia para si e sentiu o líquido amargo esquentar sua garganta e acordar sua mente. Ele reabasteceu a cuia e olhou a repórter com olhos interrogativos, mas, dessa vez, ela recusou. No entanto, ela tinha se juntado à ronda — a roda do mate — e, apesar de alguns terem se juntado e outros não, e apesar de estar tudo bem dos dois jeitos, pois todas as pessoas devem ser livres para fazer o que quiserem fazer com suas bocas e qualquer outra parte dos seus corpos, considerando que, no final das contas, ele lutou por tais liberdades por toda sua vida, não lutou?, o ex-presidente entendeu aquele gesto como um encurtamento da distância, um passo dado na direção do seu mundo, porque a ronda sempre aproxima as pessoas de uma maneira gentil, como se a cuia, ao ser passada de mão em mão, traçasse uma teia invisível.

— Podemos ir lá fora? — ela perguntou.

Ele assentiu e pôs a cuia e a térmica na bancada, com um leve desconforto; um pequeno regalo para se aproveitar ao final da entrevista.

No jardim do pátio, ao lado da casa, a repórter e o câmera arrumaram duas cadeiras da maneira que acharam mais adequada, e o ex-presidente e a repórter se sentaram, um de frente para o outro. O câmera começou a preparar seu tripé. O ar estava ameno, agitado por uma leve brisa. As copas das árvores farfalhavam com suavidade e a grama resplandecia sob a luz. O ex-presidente respirou fundo, e depois mais uma vez, observando a revoada das folhas, imaginando que elas recebiam sua respiração como uma reverência, que elas ingeriam seu ar e exalavam oxigênio, um presente para os pulmões dos animais, e ele era um animal, afinal, conectado a elas pelo ar circulante, o que não era mais do que ciência básica, na verdade, ainda que ele achasse útil entrar naquela sintonia todos os dias. Respirar com as plantas. Com o mundo vivo. Uma coisa simples de se fazer, mas quantas vezes aquele gesto o amparou, quantas vezes o levou de volta à sua pele depois de um longo dia de trabalho? Ele estava feliz de estar a céu aberto, cercado de tanto verde. Também estava feliz de se ver sentado, embora não fosse admitir em voz alta. Suas juntas estavam cada vez mais rabugentas, doía ficar em pé. A velhice o surpreendia quase diariamente; ele passou a juventude e a meia-idade convencido de que nunca alcançaria aquela idade. E agora ele resistia à vontade de coçar a perna, bem no lugar das cicatrizes das balas, sua pele retorcida por baixo da perna da calça.

— Então este é seu famoso jardim — a repórter disse, olhando ao redor, devagar.

O ex-presidente ergueu as sobrancelhas, sem esconder o orgulho, e, realmente, ele pensou, por que deveria? Em vários outros assuntos, ele recorria à modéstia, minimizava seu poder, afastava palavras de admiração, se portava sempre com humildade, mas, neste assunto, o seu jardim, ele se dava ao luxo do orgulho.

— E é você mesmo quem cuida?

— Sim. Minha esposa também vem aqui, mas na maior parte do tempo sou eu mesmo. Nenhum jardineiro de fora, isso eu posso te garantir.

— E vocês têm uma horta.

— Ah, sim, ali embaixo — ele disse, apontando para a trilha que contornava um arbusto espesso. — Podemos ir lá depois, se você quiser, posso te mostrar.

— Seria maravilhoso. O que vocês plantam lá?

— Ah, um pouco de tudo. Tomate, abobrinha, cebola, manjericão, salsa, cenoura, pepino, alface, acelga...

— Tantas coisas... — ela disse, e sua admiração parecia genuína.

Ele se perguntou se a repórter plantava alguma coisa lá em Oslo. Se ela conhecia os prazeres e as demandas das raízes e da terra. Ela não demonstrava sinais de ter essa inclinação; sua aparência era elegante e cuidadosa, com sua camiseta preta e seu blazer, uma mulher profissional na fronteira extrema do mundo, o que, convenhamos, também não era garantia de nada, porque ela ainda assim podia ter um amor secreto ou nem-tão-secreto por jardinagem que somente vinha à tona na sua vida privada. Tudo era possível na vida privada de uma pessoa.

— Sim, claro, nós cultivamos as coisas que nós precisamos, as coisas que nos alimentam e também as que são apenas bonitas.

— Como as flores.

— Exatamente, como as flores.

— A beleza delas satisfaz uma necessidade?

— Você acha que não?

Ela hesitou, prestes a responder, e depois sorriu até ocupar de volta seu papel de condutora das perguntas.

— E os vegetais, eles alimentam vocês, quero dizer, vocês comem eles?

— Sim, claro.

— E as flores alimentam vocês de uma maneira diferente.

— Sim — ele se acomodou na cadeira, descansando as mãos sobre o colo. — Sempre cultivei flores.

— Foi o que eu descobri, lendo sobre o senhor. Que negócio interessante.

— Você acha?

— De florista a presidente.

— A maioria das pessoas dizem de guerrilheiro a presidente. Ou de preso político a presidente. Parece que eles acham mais dramático.

A ironia do seu comentário não passou despercebida pela repórter, mas ela manteve uma expressão neutra e estável.

— E é mais dramático?

O ex-presidente sentiu o olhar dela sobre ele. Toc-toc, quem está aí?

— Não é mais nem menos dramático, é a minha vida, e vale a pena contar todos os momentos genuínos da vida de uma pessoa.

Ela sorriu, como se o encorajasse a continuar. Mas ele não continuou.

O silêncio se ergueu entre eles, confortável. Ele se lembrou do que outro repórter norueguês uma vez disse para ele, anos antes, logo depois dele ser eleito presidente, *as pessoas nem sempre entendem que nossa cultura se sente confortável nos silêncios, é como estar em casa com eles.* É o que ele sentia agora, a ausência de agitação, a capacidade de se encolher dentro do silêncio, como se estivesse sentado ao lado de uma fogueira, como se o silêncio pudesse ser uma lareira quente em uma madrugada fria, um recanto gentil para se descansar a mente. Ele já tinha encontrado outros noruegueses desde aquela época? Com certeza, sim — tantos jantares nas embaixadas e tantos congressos internacionais ao longo dos anos —, mas talvez não em um ambiente tão íntimo, só os três, os noruegueses e ele. Parecia um momento de calmaria, um espaço para os três, mas não dava para saber, qualquer coisa podia acontecer ali, as palavras não eram roteirizadas até elas surgirem no meio do nada, e não era aquilo, ele pensou, não era exatamente aquela imprevisibilidade que tornava a coisa toda tão terrível e tão emocionante? Rá, olha isso, um homem-de-oitenta-e-poucos-anos contemplando as emoções da vida cotidiana. Ele imaginava que, depois de tanto tempo, os assombros já teriam ficado todos para trás. Mas você pode chegar em uma idade avançada e descobrir que o oposto é verdadeiro, que a intensidade pode, sim, persistir nessa etapa da vida, só que com uma textura diferente, motivada pelos menores e mais ordinários acontecimentos.

Angelita correu até a repórter e cheirou seus joelhos.
— Que cachorrinha adorável.
— É a minha favorita — o ex-presidente disse. — Todos os outros cachorros sabem, todo mundo sabe, então não preciso ficar aqui dourando a pílula. Ela é a única para quem estou sempre cem por cento disponível.

A repórter se inclinou para olhar a cadela mais de perto.
— Ela perdeu uma perna?
O peito do ex-presidente se estreitou.
— Foi um acidente, com um trator.

Foi ele. Ele estava na condução do trator e os cachorros brincavam e rolavam pelo terreno, perto demais, invisíveis demais — ele reprimiu a lembrança. Um acidente terrível. A perna foi perdida, mas Angelita foi salva no decorrer de várias horas, que depois se misturaram na sua memória, ofuscadas por um excesso de claridade, todo aquele sangue e horror e luz e suor escorrendo pelas suas costas enquanto, dentro de si, ele implorava *não morre, não morre*. Angelita não morreu. Ela passou a andar devagar e de maneira esquisita, mas seu espírito permaneceu imaculado, ela continuava a ser a mesma cachorra de personalidade doce e, milagre dos milagres, não guardou o menor rancor do homem que a atropelou e esmagou seus ossos. Ela era completamente fiel a ele, mais fiel do que qualquer autoridade do governo já foi ou poderia ser, e não só isso, ela o amava mais a cada dia. E como ele a amava de volta. Depois do acidente, sua devoção a ela se tornou absoluta, uma coisa pura e sagrada. Ele se levantava cedo para preparar a comida preferida da cachorra, carne moída refogada, um hábito que manteve durante todo o seu mandato presidencial. Angelita esfregou sua cabeça na perna da repórter, satisfeita com o que tinha acabado de cheirar, e trotou até o ex-presidente naquele seu jeitinho lépido e assimétrico.

— Ela gosta de você — ele disse à repórter.
— E eu gostei dela.

O ex-presidente fez um carinho atrás da orelha de Angelita e sentiu a cachorra se esparramando ao seu lado.

— Seu espanhol é muito bom.

A repórter sorriu, com um deleite infinito.

— Obrigada. É minha grande paixão. Estudei literatura latino-americana na universidade.

— Ah! E qual é seu livro latino-americano favorito?

— Deus do céu, são tantos — ela hesitou no limiar de um pensamento, dividida, ele pensou, entre ceder à pergunta ou se manter na sua posição de repórter. — Amei muitos livros do seu país. O senhor tem um livro favorito?

Ela era uma boa entrevistadora, conduzia o foco de volta para ele com tanta habilidade que você podia nem perceber o movimento. Os livros salvaram minha vida, ele pensou em dizer, mas a resposta os levaria direto para os anos da prisão, os últimos anos, quando ele finalmente recebeu permissão para ler e começou a se erguer daquele lugar inominável onde estava confinado. Muito fundo. Ainda não. Melhor seguir pela mesma estratégia que ela.

— Muitos — ele disse.

A repórter sorriu para ele e então se virou para o câmera.

— Estamos prontos?

— Já estou gravando.

Claro. O velho truque. Fazer os entrevistados falarem antes de saberem que a gravação já tinha começado. Não que ele tenha sido pego no contrapelo; ele sabia muito bem como as coisas aconteciam. O que o impressionou foi o quanto de exposição ele já tinha se permitido quando eles, supostamente, ainda não tinham nem começado.

— Vamos ver... — ela disse. — Muito obrigada de novo, Senhor Presidente, por nos receber aqui.

Ele assentiu, esperou. Não gostava de ser chamado de Senhor Presidente, nunca gostou, brigou com todos seus assessores até eles enfim cederem e passarem a chamá-lo pelo primeiro nome, mas ele também já tinha aprendido, há muito tempo, que uma entrevista só não era suficiente para quebrar esse costume, até porque alguns estrangeiros se incomodavam de abandonar as formalidades, então que se dane. Ele ia deixar passar.

— O senhor tem muitos admiradores na Noruega.

— É muito gentil da sua parte.

— É verdade. O senhor é um farol de esperança, dá ao mundo uma visão diferente do que é liderança, nos mostra que é possível um presidente servir de verdade ao seu povo.

Ele ergueu as sobrancelhas.

— O senhor discorda, não acha que é verdade?

Em algum lugar, longe do campo de visão, aquele tordo teimoso começou a cantar outra música.

— Bom, veja, como posso dizer? Muitas coisas são verdade.

Ela se inclinou para frente, elegante, com os olhos bem abertos.

— Tipo o quê, Senhor Presidente?

Dentro da cela, os dias sombrios, as horas sombrias, o lamento das formigas que não o deixavam descansar. Toda vez que ele caía no sono, elas começavam a gritar, primeiro baixinho, depois cada vez mais alto, até sua mente ficar absolutamente desperta. Algumas coisas tinham acontecido na câmara de tortura, mais coisas do que ele conseguia entender, mais do que ele queria entender, muito mais do que se falava lá fora, entre as pessoas que se arriscavam a sussurrar a respeito daquilo tudo: eles não usaram somente La Máquina no seu corpo, não foram apenas os ferros e os capuzes e a água, eles também implantaram alguma coisa no seu cérebro — ele tinha certeza, nos dias mais sombrios ele tinha absoluta certeza —, algum chip, um receptor de rádio, alguma tecnologia terrível importada, de onde mais, dos Estados Unidos, naturalmente era algo fabricado nos Estados Unidos, considerando que os torturadores deste país haviam sido treinados por abelhudos daquela terra e agora, por causa do chip receptor, ele não conseguia mais controlar a própria mente, era um zumbido no seu crânio e um rugido sobre coisas que ele não queria ouvir, estática de rádio, gritos, músicas confusas, vozes distorcidas, o lamento das formigas. Como desligar? Ele precisava aprender qual era a chave mágica para desligar aquilo tudo. Que ferramenta mental podia combater um inimigo tão insidioso? Como chegar à vitória quando seu inimigo está instalado na sua mente? Que força mental sobre-humana é necessária para elevar seus pensamentos até a frequência da sobrevivência, como encontrar tal força, onde está sua fonte, qual é o caminho? Era uma batalha interna muito profunda — e ele não tinha muito para dar. Às vezes, ele não queria nem mesmo tentar. Às vezes, seu único desejo era cair no estupor do esquecimento, uma queda quase como a do sono, com a diferença de ser somente um estado ainda mais inerte do que o do sono, mais permanente, um apagamento do qual ele nunca precisaria acordar.

E no entanto...

Toda vez que a tentação rastejava em sua direção, ele se via abalado pelo *no entanto*.

Estupor era exatamente o que eles queriam.

Uma parte da sua mente, uma parte livre de chips, se lembrou disso e escalou até a superfície para poder ser escutada. Estupor era coisa de prisioneiro submisso. De cidadão dócil. Os fascistas adoram o estupor. Eles insistem no estupor. Cala a boca. Pare de pensar. Vire uma mente passiva. É o que eles querem que aconteça com todo mundo, não só com os presos, mas também com todas as outras pessoas, aquelas que vivem além dos muros da prisão e que fingem ainda serem livres. As pessoas nas ruas, nas suas casas, que vivem sob uma ditadura, onde a palavra *sob* soa como se os governos pudessem pairar sobre todos os cantos como nuvens densas e escuras, contemplando, encobrindo. Uma névoa através da qual não se pode enxergar. As pessoas sonâmbulas no meio do nevoeiro, em uma bruma de distração e medo. Ele pensou naquelas pessoas, as pessoas do lado de fora, nas cidades pequenas, nas cidades grandes, nas zonas rurais. Pensou em como aquelas vidas haviam se transformado. Pessoas que ele amou e por quem lutou. Pessoas que ele decepcionou. Tentamos construir um novo país para vocês, ele pensou. Tentamos oferecer uma revolução. Tentamos dar ao país o que ele precisava, o que nós achávamos que ele precisava, o que nós achávamos que vocês queriam, e acabou tudo sendo o oposto. Eu sinto muito. Muito mais do que vocês imaginam. Vocês nos odeiam? Vocês nos culpam? Choram por nós? Pensam na gente?

Ei, acorda.

O sapo. Uma voz tão cristalina que chegava a arranhar o pensamento. O som daquela voz nos seus ouvidos e na sua caixa torácica o encheu de alívio.

— Você voltou — ele tentou se sentar para enxergar melhor a criatura na tênue luz da cela. O corpo duro e esquisito. Não é nenhuma surpresa, ele pensou, já passei dos quarenta, no final das contas, muito velho para esse tipo de coisa, rá, talvez eu deva explicar aos guardas que toda essa situação não é muito apropriada para a minha idade, dizer que vou mostrar pra eles o tamanho do problema. — Eu não estava dormindo.

Mentiroso.

— Sério, não estava.

Seus olhos estavam fechados.

— E por que não? Não tem nada pra ver aqui.

Então você vai só ficar aí largado o dia inteiro.

Com um susto, ele percebeu que as formigas haviam ficado quietas. Por quê? Por que a aparição do sapo fez as formigas arrefecerem os gritos? Elas fugiram com medo de serem comidas ou pisoteadas? Ou a voz de um, de algum modo, conseguia cancelar a voz dos outros? Sapo versus formiga, a grande guerra pela conquista de um buraco imundo — ou pela mente de um homem preso em um buraco. Rá. Eis uma história digna das baladas de Homero. Sua mente disparou: Homero em um palco antigo ou no cantinho de um bar ou em um bordel ou em qualquer outro lugar onde ele cantou pela primeira vez suas músicas, afogado em vaias e insultos porque, né, que história patética, formigas e um homem em um buraco. Essa imagem trouxe para ele um alívio efêmero, um lampejo de conforto, antes de desaparecer.

— Talvez.

Tsc.

— Bom? E aí? Que porra eu vou ficar fazendo aqui?

Se prepare.

— Pro quê?

Pro resto da sua vida.

O riso escalou, rançoso, pela sua garganta.

— Não existe resto da minha vida. Vou passar o resto da minha vida aqui ou então pulando de buraco em buraco.

Não é verdade.

— E como é que você sabe?

Os mistérios são uma camada debaixo de outra camada.

— Mistérios? — não fazia o menor sentido, é claro, mas alguma coisa nas palavras do sapo, o modo como elas se conectavam umas às outras, era irritante. — E agora você virou padre, foi? Porque eu não preciso dos seus sermões batráquios.

Sim, você precisa.

Alguma coisa apertou seu coração. Ele lutou para ignorar o incômodo.

— Odeio padre. Odeio igreja. Tenho certeza que eu vou odiar uma igreja dos sapos.

Ah, você ia adorar uma igreja dos sapos.
— E que caralho você sabe?
Eu sei. O sapo puxou o ar algumas vezes, a ponto de inflar sua garganta, e logo voltou ao seu estado normal. *Eu sei das coisas.*
— Hunf. Sim, claro que você sabe.
Eu sei, por exemplo, que você mal começou.
— Comecei o quê?
A vida.
— Rá! Quem é o idiota agora? Minha vida acabou. Acabou! Eu nunca vou sair desse buraco e de nenhum outro buraco depois desse, não existe mais nada no meu futuro a não ser uma longa sequência de buracos e, mesmo que eu saia daqui um dia, vou estar um desastre. Olha só, olhe pra mim, só olhe pra mim. Estou faminto, cheio de machucados, todo quebrado — ele não se olhava no espelho há anos, não queria olhar. Não ousava olhar. — Eu vou ser um inútil pro mundo.
Mas existe a terra.
— Que terra?
Sim. Não percebeu? Em tudo quanto é lugar, olhe.
— Sim, claro, estou em um buraco nojento com um chão de terra, eu posso ver a terra, muito obrigado por me mostrar.
Você nem começou a ver ainda. Você não pode ver. Você está tão cego que não consegue nem ver a terra.
— Agora você realmente bateu lá no fundo, hein.
Todas as coisas reais estão lá no fundo.
Ele abriu a boca, mas não conseguiu falar, ficou lá sentado, boquiaberto. Tentou e falhou em concatenar uma resposta. Veio apenas um som, que, no fim, não se transformou em uma palavra.

O sapo inclinou sua cabeça de leve e encarou o homem por um ou dois segundos antes de pular para um canto escuro do buraco e desaparecer, deixando o futuro presidente com novos pensamentos atiçando sua mente.

Desta vez, o sapo retornou já no dia seguinte. As formigas ainda não tinham começado a gritar, então o buraco estava silencioso, com a exceção dos ocasionais passos dos guardas acima da sua cabeça. A parede que ele encarava há muito tempo já havia se tornado familiar. Era feita de lama, inacreditavelmente grossa. Ele procurou por padrões na lama, qualquer coisa que chamasse a atenção, mas, como sempre, encontrou apenas o caos, um caos salpicado de cavidades esparsas e estropiadas.

Olá.

— Ah! Você voltou.

Por que não?

— Sim, claro, por que não? — um calor tomou conta do seu corpo, o tipo de calor que uma pessoa sente quando escuta uma batida inesperada na porta, quando essa batida não significa perigo, quando ela só pode significar a chegada de um amigo, venha, entre, sente, tome um mate, acabei de servir uma cuia, e como você está, diabo, me conte tudo. Um sentimento normal de um passado distante, que agora é doloroso lembrar. — Você deveria voltar todo dia.

O sapo fez um som que não era bem uma palavra.

— Escuta — ele disse, pensando rápido, ansioso para evitar a qualquer custo a fuga do seu visitante. — Me diga uma coisa. De onde você é?

Ando por aí.
— Mas por aí onde? Tem algum pântano perto então? Uma lagoa?
Por aí.
— Isso não me diz muito.
Dizer, dizer, dizer.
— O quê...? Olha, qualquer informação já ajuda. Não sei nem em que parte do país a gente está. Eles colocaram uma venda nos meus olhos e me jogaram em um caminhão e dirigiram e dirigiram sem parar. Nós estamos no leste? No norte?
Qualquer coisa é o norte de alguma outra coisa.
Puta que pariu, ele pensou, mas conseguiu segurar sua boca. Aquele não era um amigo humano. Não dava para saber, com aquele cara — se é que se podia chamar um sapo de "cara" —, quão estranha seria a resposta. Mas, ainda assim, por mais irritante que fosse, o sapo tinha razão. Qual o significado das relatividades dos mapas para a vida de um animal? A Terra vai ser sempre a Terra, não importa se o planeta está para cima ou para baixo — quer dizer, não, para, foco, não se perca tentando entrar na mente batráquia. Segue o fio. Qualquer fio. Tente outra abordagem. E então uma ideia floresceu dentro dele.
— Como você entrou aqui? Como você consegue sair? Tem algum cano, rachaduras? Me conte tudo. Talvez, se eu entender melhor esse lugar, pode existir uma chance de eu escapar.
Uma chance pra você?
— Que som é esse? Você está... dando risada?
Desculpa, mas, sério, se enxerga, cara.
— Sua risada é horrorosa. Parece que você está peidando, ou fodendo, ou, sei lá, os dois ao mesmo tempo.

Não consigo parar. Só de imaginar você naqueles canos...
— Não é assim tão esquisito, pois fique sabendo. Eu já consegui antes — e o orgulho rebentou dentro dele e ele não tentou refreá-lo; não tinha nenhum motivo para se conter, na verdade, há muito tempo não se sentia orgulhoso de nada e ali estava ele, relembrando o que tinha sido, e o que ele realmente imaginava que continuaria sendo para sempre, o maior feito da sua vida. — Não era uma masmorra que nem essa, mas era uma prisão de verdade, segurança forte, trabalho forçado.

Você fugiu?
— Eu e mais cento e cinco pessoas. Foi uma loucura!
Ele sentiu uma pontada ao ouvir o som da última palavra, mas nem aquela pontada conseguiu roubar o prazer da lembrança.

Me conte essa história, me conte, estou com fome.
— Oi? O que fome tem a ver com essa história?
Eu vou comer essa sua história.
— Porra, mas como é que se consegue comer uma história? Você é o quê, algum tipo de predador de histórias? Você acha que minhas memórias são iguais às suas moscas nojentas, é?
Vamos lá.
— Não...
Me. Con. Te.
— Isso é até mais bizarro do que sua risada.
Você quer me contar, você sabe.
— Puta merda. Tá, eu conto.

O homem começou a contar: aconteceu antes da ditadura, quando o país ainda se entendia como uma democracia, apesar das coisas já terem azedado, já que não se precisa de um golpe militar para um governo ameaçar seu próprio povo, ou para controlá-lo, ou para machucá-lo, trabalhar contra ao invés de a favor, a possibilidade está sempre lá, sempre esteve lá, incrustada na estrutura do governo, pelo menos aqui, na América, não que você saiba o que é a América ou que pra você exista qualquer outro continente além deste aqui, imagino que pra você uma terra é uma terra, ponto final, ainda que, por outro lado, o que é que eu sei, né. Enfim. Como eu estava dizendo, as coisas já tinham azedado. Os jornais eram censurados, as mentiras escapavam por entre os dentes dos governantes, as pessoas detidas eram torturadas, os policiais atiravam nos manifestantes como se não fosse nada, como se eles gostassem, e aquilo já vinha acontecendo há um tempo. Pensando agora, parece que foi há uma eternidade, uma fenda infinita no tempo, e não é estranho que um intervalo tão longo possa ser suplantado tão rápido pela memória, como se não fosse nada, puf, de volta a outra época, a outra vida. De volta àquela outra prisão no centro da cidade. Eu já estava lá há alguns meses e o governo estava fazendo uma limpa, eram mais de cem guerrilheiros na cadeia, incluindo alguns dos principais líderes do movimento, como eu. A velha guarda. Os mentores. Homens que eu conhecia há vários anos, dos tempos de sindicato, dos dias que nos organizamos para eleger um senador da esquerda rebelde, daqueles dias sonhadores de como-a-gente-faz-pra-mudar-o-mundo. Meus amigos. Você precisa entender, nós só queríamos um mundo melhor. Não conheço ninguém que vá acreditar na gente agora, ou que algum dia eu tenha a chance de contar minha versão da história; a história pertence aos vencedores, especialmente quando eles são déspotas. A maioria dos meus amigos da velha guarda está na mesma situação que eu, em buracos mais ou menos parecidos com esse, eu imagino, sem razão nenhuma pra acreditar que um dia vamos cair fora. Você é provavelmente o último a escutar esta história saindo dos meus lábios, que sortudo. Rá. Eh. Onde eu estava? Bom, de volta à prisão na capital, tinha todo tipo de gente do movimento por lá, não eram somente os velhos. Chegaram alguns novos recrutas também, jovens estudantes e trabalhadores que se sentiram motivados a se juntar à luta pela liberdade, que mergulharam de corpo e alma na perigosa vida da revolução. Eles eram tão empolgados, ansiosos, eu me sentia responsável por eles, todos eles tinham sonhos, tinham mães, eles fizeram suas escolhas do mesmo jeito que eu fiz as minhas, mas eles não conseguiam enxergar o quão jovens eles eram, não como eu enxergava, claro, com meus trinta e poucos anos e as marcas de balas da polícia espalhadas pelo corpo e meus anos vivendo na clandestinidade antes de ser preso. Eu não sabia se esses jovens homens — e essas jovens mulheres também, apesar delas não estarem na mesma prisão que a gente —, eu não sabia se esses jovens conseguiam entender do quanto eles precisavam abrir mão para se juntar ao movimento, não do jeito que eu entendia. Mas isso não quer dizer que eles não fossem inteligentes ou comprometidos: eles eram ambas as coisas, eram crianças radiantes, insuflavam toda a vitalidade deles no movimento, e nenhuma tortura ou porta gradeada ou guarda violento era capaz de parar aqueles meninos. Eles acreditavam que a revolução estava chegando, acreditavam no que a força deles podia alcançar quando associada à força do povo. Tinha esse menino, Alfonso era o nome dele, ele me seguia pelo pátio da prisão sempre que podia, me perguntando sobre o início e sobre o funcionamento interno do movimento, umas perguntas que eu nem podia responder, e outras eu respondia com uma piada pra não deixar ele desanimar. Ele tinha dezenove anos, um estudante de medicina com notas perfeitas, magro e desajeitado, ainda era virgem, ele não me disse logo de cara, mas deu pra entender. Alfonso, eu começava dizendo a ele, quando você sair daqui, você vai arranjar uma namorada. Ah, não sei, Alfonso me respondia, viver a revolução já é o suficiente pra mim. O que você está falando, hein? Suficiente!, eu retrucava, mas Alfonso só caía na risada e seus olhos brilhantes se desviavam de mim e depois voltavam. Só agora, anos mais tarde, enquanto eu te conto esta história, sentado aqui neste buraco, que me ocorre uma coisa, que podia existir um outro motivo pra Alfonso não querer uma namorada, que ele não queria mesmo mulher nenhuma, que sua paixão pela revolução estava, de alguma maneira, atrelada a uma outra paixão, sobre a qual ele não podia falar. Que a fome nos seus olhos, quando ele me olhava, era uma fome de conhecer o movimento, claro, a força revolucionária, mas também, ah, que porra. Será? Será que aquilo passou pela minha cabeça, mas ignorei na mesma hora porque eu não queria pensar a respeito? Porque eu não queria ver nos seus olhos enquanto ele olhava para mim, não queria ver o que ele estava tentando, mas falhando, em esconder? Aquilo que a gente sempre falava como sendo o pior que um homem poderia ser. O pior dos insultos. Argh, não. Quer saber? Esquece. Esquece o que eu falei. Esse Alfonso, ele era um menino doce, e espero que ele tenha fugido do país antes de ser tarde demais e que agora ele esteja livre.

Bom, de qualquer forma, a maioria dos pioneiros do movimento estava ali, atrás das grades. Depois de alguns meses presos, descobrimos que o diretor aceitaria que nos encontrássemos em um espaço aberto se molhássemos a mão dele com pesos suficientes. As coisas que aconteciam naquela época! Um prisioneiro poder encontrar seus amigos! E não só isso, eles nos deixaram preparar até um mate para a ocasião, passar a cuia na roda enquanto a gente conversava, que liberdade. Eu sinto uma punhalada no peito só de pensar nisso. Nunca imaginei que ia passar anos da minha vida sem sentir o gosto da erva-mate e, vou ser sincero, não sei como ainda estou vivo. Enfim. Esses guardas: quer saber, estou convencido de que alguns deles secretamente apoiavam nossa causa, que eles faziam o que precisavam fazer para alimentar suas famílias, mas lá no fundo eu acredito que eles queriam que nós chegássemos à vitória, eles sabiam que o nosso sonho de futuro era melhor para eles e também para os filhos deles do que o futuro que estava sendo construído por aqueles idiotas no poder, apesar de que, claro, eles não podiam falar nada assim tão diretamente, só podiam demonstrar esse desejo através de pequenos atos aleatórios de boa vontade. Mas, bom, não é esse o ponto. Nós conseguíamos nos comunicar. Tentamos negociar nossa liberdade com o governo, em troca de alguns reféns sob nosso poder — e nós tínhamos mirado alto, vou te dizer, reunimos uma bela coleção, sequestramos gente do mais alto escalão: um juiz corrupto, o embaixador britânico, um treinador de tortura da CIA (bom, esse já estava morto naquela época, mas não posso dizer que derramei uma lágrima por ele, não dá pra você esperar de mim esse tipo de compaixão, não quando essa pessoa mutilou centenas dos meus concidadãos, não quando ele praticou suas torturas em mendigos e prostitutas, pessoas que ele achava que ninguém ia sentir falta, tudo no porão da sua própria mansão, e aquele grande país lá do Norte achou que podia mandar um homem como aquele para nosso pobre e pequeno país para quebrar nossa pobre e pequena população e que nós iríamos baixar a cabeça e aceitar, mas não, meu amigo, não baixamos a cabeça), e, de qualquer jeito, nós tratávamos nossos reféns com o máximo de gentileza possível na nossa Prisão do Povo, como a chamávamos — mas o governo disse não, não vamos negociar com terroristas. Pelo contrário, eles prenderam mais alguns do movimento e nossas fileiras na prisão ficaram ainda maiores. Um dos homens detidos era um engenheiro. Levamos ele para nossas reuniões, para que ele nos ajudasse a planejar uma fuga. Parecia ser um sonho meio louco, mas a gente sabia que, algumas décadas antes, um grupo de anarquistas tinha conseguido fugir por um túnel naquele mesmo lugar. Então, onde ficavam os túneis? Nós não tínhamos a menor ideia. Preparamos outra rodada de mate. Será que conseguiríamos encontrar aqueles túneis, será que conseguiríamos reformá-los, recriá-los, terminar o que os anarquistas tinham começado? Começamos a procurar.

Procuramos pelos antigos túneis e os encontramos quase colapsados, arruinados e preciosos como se fossem de um tempo ancestral. Começamos a cavar. Cavamos toda noite, ninguém dormia. Um grupo de aliados cavava do lado de fora também, debaixo de uma casa do outro lado da rua. Foi uma obra-prima, aquele túnel subterrâneo, sem brincadeira, tudo cavado com uma precisão extraordinária, uma música de espaço negativo, uma escultura virada do avesso. Toda noite, depois de cavar, nós cobríamos o buraco na parede da nossa cela no terceiro andar e escondíamos a terra retirada em pequenas sacolas, que enfiávamos em qualquer lugar que desse para enfiar, debaixo das camas, no pátio, nas rachaduras que descobríamos pelas paredes da cozinha industrial onde vários de nós trabalhavam.

E aí, alguns dias antes do dia da fuga, o advogado de Alfonso apareceu para uma visita, de surpresa. Ótima notícia, Alfonsito, ele disse: vão te libertar. Você foi preso por uma coisinha tão pequena, posse de panfletos clandestinos, pedaços de papel com a palavra *revolução*, por que você deveria definhar na prisão por uma coisa dessas, nos velhos tempos não era nem contra a lei porque a liberdade de expressão costumava ser um direito protegido e, sim, eu sei, não estamos mais nos velhos tempos, mas, mesmo assim, eu disse a eles que não existia nenhuma prova de como você tinha conseguido esses panfletos ou o que você planejava fazer com eles, e eu consegui, consegui que eles encurtassem sua sentença, você vai sair daqui na sexta. E o menino ficou pálido, porque a fuga estava marcada para sábado. Por várias semanas, ele se imaginou se esgueirando por aquele túnel com todos os companheiros, e era como se ele estivesse se preparando para algum tipo de descida ao submundo ou não sei o quê, ou seja, ele se viu comprometido com a história, então ele disse ao advogado, não, obrigado, peça a eles pra adiarem. Como é?, o advogado respondeu, com os olhos pulando pra fora da cabeça. Adiar o quê? Essa decisão de me soltar, Alfonso disse, e depois ele seguiu com uma justificativa confusa sobre como a repressão do governo estava longe de acabar e talvez ele estivesse até mais seguro atrás das grades, pelo menos por um tempo. O advogado foi embora — ele havia chegado tão orgulhoso do seu feito de libertar seu cliente e aí vem seu cliente e rejeita o presente — e de repente a notícia se espalhou pelo mundo jurídico da cidade, de que os prisioneiros políticos tinham algum motivo para quererem ficar atrás das grades.

Alfonso me procurou no pátio, sorridente. Desci o sarrafo nele. Você não pode fazer isso!, eu disparei. A gente não pode ter os homens da lei rondando por aqui, todo mundo desconfiado! Alfonso me pareceu meio abatido, então suavizei minha descompostura. Olha, eu disse, nós precisamos ser extremamente cuidadosos, entende? São mais de cem homens com a liberdade em xeque. Não existe nada que a gente faça que dependa só do que a gente quer. Estou falando do conceito básico de guerrilha aqui. Dos valores da revolução. Nós não fazemos nada só por nós mesmos, mas pelo bem maior, entende? Alfonso assentiu, entusiasmado. É como eu quero que seja, ele disse. E depois, mais tímido, estou fora da lista? Dei uma boa olhada nele, o sol batendo no seu cabelo desgrenhado. Não, eu disse, você não está fora da lista. O movimento não vai chegar a lugar nenhum sem pessoas como você.

Na noite seguinte, às dez em ponto, abrimos o buraco e começamos a descer. Os homens todos escorregaram e atravessaram o túnel. Um depois do outro. Do terceiro andar para o segundo e depois para o primeiro. Quando chegamos no final do túnel, quando ele passava a ser horizontal, senti meus pulmões colapsarem, não tinha nenhum ar para respirar por lá, eram dois homens na minha frente e mais de cem atrás de mim, mas não tínhamos nenhuma outra opção a não ser seguir em frente, rastejando de barriga como aquelas criaturas primordiais sobre as quais a gente lê nos livros de ciência, você sabe como é, aqueles antigos ancestrais que primeiro rastejaram até a terra, os peixes-crocodilos com mãos no lugar das barbatanas, quer dizer, que é que estou dizendo, você provavelmente descende deles também, não deve te parecer tão estranho assim, esse paralelo, mas para mim foi realmente um salto mental. Eu nunca tinha me arrastado daquela maneira antes. Me imaginei como uma daquelas criaturas. Me imaginei como uma minhoca, como as minhocas que eu sempre encontrava no jardim onde eu cultivava minhas plantas pra alimentar minha família e minhas flores pra pagar as contas, as minhocas que eu detestava matar, tanto que, quando eu era menino, chorava se por acaso minha pá partisse uma delas no meio. Ali eu era uma minhoca, no escuro, sem nada para enxergar. Você sabia que as minhocas não têm olhos? Eu fechei os olhos. Respirei a terra. Deixei a terra se transformar em um novo tipo de ar, um velho tipo de ar, uma coisa que meus pulmões pudessem adorar. Uma criatura da terra, eu pensava enquanto a gente avançava, uma criatura da terra, a única forma de sobreviver àquilo ali era aceitar me transformar em uma criatura da terra, até que todos aqueles cento e seis corpos parecessem ter se misturado em um todo coeso e extenso, uma minhoca gigante cavucando a terra, amassando a terra, remodelando a terra de dentro pra fora. Uma criatura da terra a caminho da liberdade. Pra frente, pra frente, por toda a eternidade, e então, finalmente, pra cima, pra cima, vozes, luzes. Atravessamos o chão até a casa de uma idosa, a dona de um açougue, cuja loja ficava no primeiro andar, e foi na salinha dos fundos que nós nos espalhamos, um espaço cheio de carnes vermelhas penduradas nos ganchos, carne crua por todos os lados; a mulher, a princípio, se assustou de ver sua casa tomada por subversivos como parte da grande fuga, mas, quando chegamos lá, ela já tinha até feito café para todo mundo, para todos aqueles jovens revolucionários com suas armas e seus planos e seus amigos atravessando o assoalho, imundos e exalando vitalidade.

É uma boa história.
— E aconteceu de verdade.
Conte mais.
— Como é? — ele se sentiu atacado pelo pedido; mal tinha acabado de contar sua história. Uma boa história não merecia uma pausa, um respiro, um espaço para deixá-la assentar? Aquele tempo que um público normal levaria aplaudindo, e você poderia se deleitar com o triunfo, banhar-se no estrondo das palmas, ou, se fosse uma conversa em um círculo de camaradas, banhar-se na melodia das risadas, aquele *sim* gutural que revelava a diversão dos amigos. A lembrança o atravessou, a memória dos velhos tempos. E ele se viu vazio. Trazer uma nova demanda quando ele mal tinha acabado de contar a história parecia uma coisa quase obscena. — Depois de tudo o que eu contei!
Mais.
— Não dá.
Por que não?
— Estou cansado.
Vai se foder.
— Ei, espera um minuto...
Não, vai se foder. Está errado. Depois de todo o blá-blá--blá que você teve com aquelas outras?
— Que outras?
As formigas, as aranhas.

— Ah, caramba, isso de novo, não. Aliás, espera um pouco, já que estamos nesse assunto, você escutou aquilo tudo?

Claro que eu escutei.

— Mas eu nunca te vi. Onde você estava escondido? Estava bisbilhotando? Onde você ficava?

Não importa. O que é importa é que...

— Nos canos? Sério, você precisa me falar sobre esses canos...

Cala a boca por um segundo. Você contou várias histórias pra elas...

— Não contei. Eu estava apenas divagando, balbuciando, eu nem sei o que eu falei pra elas, e um desabafo não é uma história, nem de perto. Eu acabei de te contar minha melhor história. Qual foi a última vez que um pobre coitado num buraco te contou uma história como essa? Uma história de verdade, sem mentira nenhuma? E você vai comparar com meu blá-blá-blá com as aranhas?

Você deixou elas todas bem quentinhas e animadas com sua voz e agora, comigo, o que você quer é calar a matraca?

— Bom. Talvez seja porque você não cala a sua.

Hunf.

— Só estou dizendo — ele disse, embora estivesse só jogando o jogo, o que, no fundo, o deixava nervoso; na verdade, ele não podia negar, ele não queria perder a companhia ou a voz do sapo.

Está errado. Estou te dizendo. Quero história. Quero comer suas histórias.

— Não faz o menor sentido.

Eu não preciso fazer sentido.

— Também é meio assustador. Como se você fosse algum tipo de Drácula dos sapos, querendo sugar minha voz em vez de sangue.

E o que é que tem? Me deixe provar.
— Oi? Isso não pode estar acontecendo, deve ser outro pesadelo.
Dê um beliscão em você mesmo.
— Ai! Puta merda, você está certo, não consigo acordar.
Então você fique bem acordado e me dê um pouco mais.
— Você é ganancioso, sabia?

O sapo inclinou sua cabeça e o encarou sem piscar os olhos. Os sapos conseguem piscar? Ele já tinha visto aquele sapo piscar?

Esse não é o porquê.
— Oi?
Existe outro porquê. Me deixe provar.
— Por que eu deveria?
Porque você precisa.
— Não, eu não preciso.
Você precisa, sua vida depende disso.
— Como assim? Por quê?
Você vai ver.

Ele girou em torno de vários começos, como um urubu rondando atrás de ossos. Essa história isso, essa história aquilo, teve aquela vez não sei o quê. Sua confiança já estava abalada, e ele passou a querer a aprovação do sapo, embora não quisesse admitir que sim e não entendesse muito bem o porquê. A cada falso começo, o sapo permanecia impassível, nem abria a boca. Nada. Então o homem pegou o fio mais promissor e deixou que esse fio o guiasse pelo labirinto.

Aconteceu uma vez, ele disse, quando dois soldados estavam espancando um homem, e esse homem era eu, e não foi aqui nesta cela, mas em uma outra cela, coisa de três celas atrás, e não sei se era dia ou se era noite — eu não tinha como saber que horas eram —, e minha mente tentava se concentrar em alguma coisa, qualquer coisa, qualquer pensamento que me ajudasse a atravessar aquele rio de dor. O povo. Foi o que me veio. Eu tinha aberto mão de tudo pelo povo, penhorei minha vida pela sua liberdade, então, quem sabe, talvez meu amor por ele pudesse me levar até um porto seguro. Foi a única coisa na qual minha mente conseguiu se agarrar. E aí, encolhido no chão, tentei proteger meu crânio, porque eu sabia muito bem que uma costela quebrada era uma coisa bem diferente de ter um crânio quebrado, e expandi minha mente na direção de cada um deles, de cada pessoa do povo, expandi minha consciência como se fosse uma esfera, um daqueles campos de força que você vê emanando dos super-heróis nas revistas em quadrinhos, e deixei esse campo de força acolher as pessoas do meu país, todas elas, as pessoas tristes, as mortas-por-dentro, as desapontadas-com-a-revolução e as que ficaram engelhadas-por-causa-do-medo-do-regime, as pessoas nos mercados e nos escritórios, nas escolas ou nas camas, determinadas ou humilhadas, as de nariz empinado ou as de cabeça baixa, as elegantes e as desalinhadas, como tantas pessoas no meu país, homens ou mulheres, jovens ou velhos, as pessoas cheias de comida em casa e também aquelas que catavam a última casquinha de pão para comer ou até as pessoas que precisavam pegar essa casquinha e quebrar em migalhas para poderem alimentar suas crianças, as pessoas certamente assustadas com aqueles dias, ou seja, quase todo mundo, as que entendiam o quão sombrio o futuro se torna quando não temos ninguém confiável no volante, as que ainda se levantavam da cama e penteavam o cabelo e ferviam a água e queimavam a torrada apesar da desolação do futuro, as que se distraíam com futebol ou com uísque ou com sexo ou que serviam o mate com mãos trêmulas, mergulhei minha mente no povo, e eu ainda te amo, eu disse para elas, com minha voz interior, enquanto escutava, como um ruído distante, minha voz exterior gemer por causa de um soco, eu ainda estou aqui e, se vocês continuarem a respirar, eu vou respirar também. Eu procurei pelas pessoas do mesmo jeito que outros procuram por Deus. Um deus chamado Nós. É a melhor maneira de explicar meu gesto; libertei minha mente para que ela pudesse abraçar o grande Nós.

Isso durou alguns doces momentos, mas logo se desintegrou e vou te explicar o porquê, embora eu odeie admitir: as pessoas são maravilhosas, mas elas também são caóticas.

Em algum lugar da cidade, misturados a todos os outros, vivem os guardas, os torturadores, os generais que davam as ordens mais impensáveis, as esposas que sorriam desbragadamente enquanto tomavam chá e comiam sofisticados docinhos comprados com o dinheiro gerado por atos de tortura, e minha imaginação insistia em incluir toda essa gente, ainda que eu quisesse abraçar apenas o Nós com o qual eu queria me relacionar. Aqui, bem aqui em cima de mim, estavam dois soldados, e como eu queria fingir que eles não eram parte do Povo. Meu treinamento tinha me ensinado a não enxergá-los como parte do Povo, e sim como o oposto, inimigos do Povo, ou pelo menos como vítimas dos inimigos do Povo que tinham sofrido uma lavagem cerebral para se tornarem o que eles tinham se tornado, e obviamente era o que eles eram, inimigos ou marionetes dos inimigos, o que mais poderiam ser, né, aqui estavam eles, no final das contas, apenas realizando um trabalho, mas suas mãos eram muito reais, eles eram feitos de carne, eles eram humanos demais, atrapalharam meu delírio, eles o perfuraram, abriram buracos no vasto tecido do meu amor. E onde ele foi parar? Se o dever de um revolucionário é libertar as pessoas, *todas* as pessoas, então o que fazer em relação aos supostos inimigos, os soldados e os sargentos e as crianças que os recebiam em casa depois de um longo dia tratando prisioneiros como escória humana — pois é claro que elas os recebiam, as crianças, elas abriam os braços do jeito que só as crianças abrem, o que é que elas sabem, afinal, e quem é que pode culpá-las, eu mesmo não culpo as crianças —, e o que fazer em relação aos soldados, eles não eram crianças mas também não eram velhos, alguns ainda podiam deixar crescer um bigode de verdade, e eles tampouco haviam sido criados nas mansões dos ricos, mas suas mãos, elas machucavam, tudo me doía, a envergadura elástica do meu amor sofria terrivelmente, era uma punhalada, como se eu fosse uma bandeira que se desfraldou longe demais e terminou retalhada por um vento violento, era demais, rebobinei minha mente e, em uma velocidade estonteante, voltei àquele corpo sendo espancado no chão.

Essa não foi tão boa.
— Ah, não?
Não chega a lugar nenhum.
— Hum, fico triste de desapontar você. Só estava tentando te dar o que você me pediu.
Nós nunca vamos encontrar nesse ritmo.
— Encontrar? Encontrar o quê?
Não sou eu que vou dizer, não são as minhas histórias.
— Um banquete de histórias pra você se esbaldar? Puta merda, você é estranho.
Não. Não é isso. Eu vou provando ao longo do caminho, mas a outra parte é contigo.
— Não faço a menor ideia do que você está falando com essa coisa de outra parte. O que é?
Eu já disse. É con-ti-go.
— Ah... Tá bom então — a curiosidade o atacou, não dava para evitar. O desejo de zombar do jeito de falar do sapo veio e foi embora. — Alguma coisa que a gente, eh, tem que encontrar?
Isso.
— Primeiro, isso não faz sentido...
Você não precisa de sentido.
— É aí que você se engana. Sim, eu preciso. Todo mundo precisa.
Sentido não é o que se precisa.

— Oi? Eu não... Onde eu estava? Segundo. O que era... Certo, segundo, como eu vou descobrir alguma coisa se você não me explicar melhor o que é? Por que você não me diz logo o que nós estamos procurando?

Chuva.

— Oi?

A resposta era a chuva, ele pensou desordenadamente, a resposta era a chuva, mas, então, qual era a pergunta? Sua cabeça começou a doer e...

Vai chover lá fora.

— Ah — não era a resposta. Ele não entendeu se se sentia frustrado ou aliviado. — Eu bem queria que pudesse chover aqui dentro, estou com sede pra caralho.

Os olhos do sapo pareceram brilhar na penumbra.

— Como você fez isso?

Isso o quê?

— Fazer seus olhos brilharem?

Como é que o sol brilha, como é que a chuva cai?

— Isso não faz o menor sentido.

Quem se importa?

— Você com certeza não, já deixou isso bem claro.

Obrigado! Muito obrigado!

— Ei, se acalme! É o seguinte, estamos andando em círculos agora. Ainda não sei como vamos poder ter uma conversa sem que ela tenha um sentido.

Mas nós estamos conversando.

— Porra, talvez você esteja certo.

Justiça.

O que é que tem a justiça?

É hora da justiça.

— Rá! Nunca é hora da justiça — ele disse, com um gosto acre na sua boca. — É uma coisa que não existe.

Me conte uma história de justiça.

O homem abriu a boca para protestar, para insistir que ele não ia aceitar alguém lhe dizendo o que fazer, mas a mentira ficou entalada na sua garganta; é claro que ele ia aceitar alguém lhe dizendo o que fazer. Ele era um guerrilheiro, no final das contas; independente do quanto havia subido na escada do poder, ele nunca deixou de seguir ordens. Sem ordens, não existia disciplina. Sem disciplina, não existia força, e sem força você não chegava à vitória. Foi o que ensinaram para ele e o que ele ensinou aos novos recrutas, para o bem ou para o mal, e ele não queria pensar em qual direção as coisas tinham se encaminhado, se para o bem ou para o mal. E olhe pra você agora, ele pensou, amargo, que revolucionário, hein, recebendo ordens de um sapo. E, ainda assim, elas não pareciam tão estranhas, tão diferentes das ordens que ele conhecia; de fato, não era como receber diretrizes dos altos escalões do movimento, era mais como escutar a terra ao plantar as flores, a terra que informava a quantidade de água desejada ou onde as raízes deveriam ser plantadas. Pois então. Uma história de justiça. Que negócio foi aquele? O futuro presidente começou a desbravar os escombros da sua mente.

Eles já conversavam há um tempo, a repórter e o ex-presidente, com o câmera pairando pelo jardim, como uma testemunha silenciosa. Vários assuntos já tinham sido discutidos na entrevista, do passado distante até o passado recente, o pessoal e o presidencial, camadas que, para ele, possuíam características distintas, ainda que sobrepostas e de certa maneira interligadas, como ondas no oceano. Como alguém pode deixar de ser quem é só porque se tornou chefe de Estado? Você traz quem você é a tiracolo — ganhar poder não muda sua essência, embora possa ampliar certos atributos da sua personalidade. Até ali, ele conseguiu evitar novas revelações, apesar da história do sapo ainda arranhar as paredes dos seus pensamentos. O tordo ficou quieto. Lá longe, alguns carros eventualmente esbravejavam pela estrada.

Ela, naquele momento, tentava trazer à baila as leis que ele aprovou enquanto presidente, a legislação progressiva com a qual ele transformou a face do...

— Eu, não — ele disse —, e sim *nós*.

— Perdão?

— As leis são aprovadas por um *nós* — ele fechou os olhos por um instante, e a escuridão foi tomada por um borrão verde, um verde folhoso, até ele abrir as pálpebras outra vez. — Isso é muito importante. O congresso era parte da questão, assim como as pessoas que votaram em nós e que nos procuraram com propostas e demandas do que queriam ver acontecer. As leis são como as revoluções: elas precisam de mais de uma pessoa para poderem se concretizar.

— A menos que essa pessoa seja um líder autoritário — a repórter disse.

O ex-presidente espalmou bem as mãos.

— As pessoas podem me acusar de muitas coisas, mas não acho que essa seja uma delas.

— De fato — ela concordou. — Pra ser sincera, nunca escutei alguém comparar novas leis com revoluções.

— Ah.

Ela esperou alguns segundos e, ao perceber que ele não ia elaborar a resposta, resolveu voltar à carga.

— Sua esposa está no Congresso, e ela também esteve no Congresso nos anos em que *vocês* — e ela enfatizou o uso do plural — aprovaram essas leis transformadoras.

— De fato. E ela é uma força da natureza — ele disse, e então se lembrou de como eles ficaram depois da sua vitória nas eleições, de como, em uma manhã qualquer, eles se sentaram por horas tomando mate na mesa da cozinha, a mesma mesa na qual eles administraram todas as suas campanhas e tomaram decisões nacionais e íntimas, grandes e pequenas. No que a gente se meteu?, ele indagou, pegando a cuia da mão dela para servir mais uma rodada. *Uma presidência*, ela disse. Meu Deus, ele respondeu, enchendo a cuia de água e bebendo até ouvir a bomba roncar, quando você diz é até difícil acreditar no que eu estou escutando, está acontecendo, quem é que iria imaginar. *Você conseguia imaginar*, ela disse, *as voltas que nossas vidas deram? Que jornada, que história.* Parece coisa de García Márquez, ele concordou, entregando a ela uma cuia cheia. Enquanto tomava, ela disse, *sabe o que é mais engraçado? Adivinha quem vai ser a responsável pela sua posse?* Ele ainda não tinha pensado naquela questão, continuava submerso na campanha. Então ele disse, desisto, quem vai ser? *Eu! Não como sua esposa, mas como líder da maioria no Senado!* Eles se olharam. Você!, ele disse. *Eu*, ela disse. *E. Você.* E eles caíram na risada até suas barrigas começarem a doer e as lágrimas se acumularem nas rugas ao redor dos olhos. — Ela sempre foi uma potência.

— Mas o presidente não tem o papel específico de liderar a mudança política?

— O que muitas pessoas não entendem é que o poder não é uma coisa singular. Não vem de uma pessoa só ou não pertence a uma pessoa só. Pertence à colmeia. Um líder canaliza esse poder, mas o poder não pertence a ele, e não existe poder sem a colmeia.

— Desde que a gente esteja falando de uma democracia.

— Acontece em todos os lugares.

— Você diz isso — a voz da repórter se tornou gentil, cautelosa — mesmo tendo atravessado uma ditadura.

— Com certeza.

— Autoritários não veem a coisa dessa forma.

— Não.

— Eles destroem a colmeia?

— Eles tentam. Mas não conseguem. Eles até podem exterminar o enxame, mas não conseguem destruir a colmeia.

— É esse o lugar para onde os Estados Unidos estão se encaminhando? Para o autoritarismo?

— Ah... — ele ergueu as sobrancelhas. Ali estava. O assunto do Norte, o desastre e o que ele podia desencadear, um assunto no qual eles não haviam tocado, mas que ele sentia rastejar pelos cantos do jardim, à espreita, esperando sua chance. Hora de respirar fundo. Parte dele preferia falar sobre como o sol começava a dourar os galhos das árvores, mas ele então se repreendeu, vamos lá, meu velho, está na hora de tocar o barco.

Quando ele estava prestes a falar, no entanto, ela se antecipou:

— Pensando bem — ela disse, parecendo levemente desorientada, como se estivesse surpresa com sua própria pergunta —, não vamos abordar esse assunto agora.

Ela desviou o olhar, na direção da trilha que levava à horta. Ele pressentiu o medo por debaixo das palavras dela, e mais alguma coisa também, uma energia que ele não podia definir. Ele esperou.

— Nós chegaremos lá em algum ponto, ou pelo menos eu quero chegar, mas não é onde nós estávamos, vamos voltar a discutir algumas coisas mais esperançosas antes.

— Por que não? — disse o ex-presidente, pensando, mas não falando, no sol entre as árvores.

— A legislação aprovada, aqui no seu país, durante sua presidência. Me parece que essa legislação modificou a configuração não só dos direitos civis, mas da cultura. E algumas das leis ultrapassaram suas próprias fronteiras, provocaram ondas internacionais, serviram de exemplo. A legalização da maconha e do casamento gay e do aborto até o primeiro trimestre de gestação. A lei afirmativa em relação aos cidadãos negros. Tudo muito esperançoso.

— Será que são mesmo? — ele disse.

— Por que não seriam?

Ele se imaginou contando a ela o contexto em torno de cada lei, o território complexo, o clamor dos ativistas que insistiam no quanto a pressão devia continuar, que aquelas leis não eram suficientes, os grupos de mulheres com os seus *e as gestações do segundo trimestre? E os adolescentes que não conseguem consentimento dos pais? E os outros assuntos, como a violência doméstica?*, e os grupos de justiça racial com suas planilhas de estatísticas sombrias sobre a desigualdade galopante, eles apenas arranharam a superfície, e o despejo de negros durante a ditadura, como esses bairros seriam reerguidos, e as disparidades raciais em termos de educação, as disparidades econômicas que se recusavam a recuar, o racismo que perdurava há séculos nesta terra, como perdurava por todas as Américas, sistêmico, uma lei não era capaz de resolver nada, ainda havia muito trabalho a ser feito. E era verdade. Uma boa parte do trabalho continuava à espera. A lei de ações afirmativas, e as outras leis, eram apenas rápidas paradas no meio de uma estrada. A criação de um país justo não era o fim, longe disso, era o começo. Era um trabalho de gerações, não de uma administração só, e sim de várias, cada uma construindo em cima do trabalho da anterior — se eles tivessem a sorte de evitar uma completa mudança pendular para a direita. Enquanto isso, ele precisava lidar com vários constituintes insatisfeitos, políticos que acreditavam que o progresso andava em marcha lenta nesse ou naquele fronte, e que não enxergavam as leis mencionadas pela repórter sob lentes tão otimistas. Dentro do país, o impacto dessas leis foi contestado. E, ainda assim, parecia melhor, pelo menos por hoje, pelo menos por agora, deixar as ações brilharem aos olhos dos outros países, deixá-las reluzir na direção deles; olhem, alguma coisa foi feita, de pouco em pouco e de ponto em ponto nós podemos reconstruir o mundo.

— A esperança é uma coisa que vai acontecer no futuro, essas leis estão aqui no presente.

— Bom, elas dão esperança para nós do resto do mundo.

— Isso é ótimo.

Ele se lembrou dos dias em que assinou cada lei, a disposição da luz enquanto ele se sentava na mesa, cercado por senadores. Antes da presidência, ele sempre enxergava essas assinaturas de leis como uma formalidade, nada mais, mas, assim que começou a fazer parte da experiência, passou a ver um significado mais profundo ali, uma coisa meio arquetípica, uma espécie de momento totêmico. O círculo de burocratas ao seu redor como um círculo de druidas. A sedução do ritual. O decreto legal como um feitiço bidimensional. Os humanos precisam de rituais. Ele era ateu, mas isso não o impedia de reconhecer os poderes dos rituais. Os rituais dialogavam com os recantos mais profundos da mente humana. Em compensação, ele gostava de matizar esses momentos sagrados com toques do profano, como se dissesse, olha, o profano e o sagrado, eles pertencem um ao outro, o destino deles é se misturar. No dia em que assinou a lei do casamento gay, ele pegou a caneta da mão de um dos seus assessores — uma Bic velha cuja ponta tinha sido mastigada por alguém ou por algum outro dente inquieto, porque para assinar uma lei qualquer caneta servia, mesmo a caneta mais simples, era realmente impressionante, assinar seu nome e a lei se materializar, o ar de alguma forma se transformar sobre a terra — e, ao se inclinar sobre a página que daria vida àquela lei, ele pensou no jovem Alfonso, o revolucionário, aquele com quem dividiu alguns momentos na prisão da cidade, Alfonso, o companheiro cujo paradeiro continuava uma incógnita. Talvez ele tenha fugido do país e evitado alguns anos de cadeia; talvez tenha sido trancafiado em algum lugar e só foi solto quando a democracia retornou. Talvez ele tenha até descoberto uma maneira de viver a vida que queria viver, talvez tenha ido atrás da faísca que tantos anos antes ele lutou para esconder, considerando, de fato, que o presidente estava certo sobre o que imaginou ter visto várias décadas atrás. Uma faísca que todo mundo sabia o quão nojenta era. Vê-la em Alfonso foi a primeira vez que o levou a pensar de outra forma. Mesmo agora, ele oscilava entre duas perspectivas: desprezar as pessoas assim era discriminação, não, era senso comum, circunstâncias da natureza, não, precisava, sim, ser visto como discriminação. No final do dia, ele não conseguia entender exatamente o que fazia um homem querer um homem ou uma mulher querer uma mulher, mas ele também sabia que não precisava entender essas coisas para mudar a lei, porque ninguém queria obrigá-lo a casar com um homem, não era? Ele concordava com os ativistas gays que o procuraram e procuraram o Congresso exigindo mudanças. Eles apareceram, jovens e velhos, homens e mulheres, e até alguns que tinham mudado de um gênero para o outro e reivindicavam a palavra *transgênero*, todas aquelas pessoas à sua frente, orgulhosas de si, algumas bem extravagantes, outras que se pareciam com uma tia simpática ou um estudante de óculos ou um vendedor de quiosque e você nunca ia saber, aquelas pessoas só estavam lá, unidas, insistentes, ocupando seu escritório, passando o mate de mão em mão enquanto conversavam. Isso aqui é sobre igualdade de direitos, diziam. E quem poderia discutir com igualdade de direitos? A revolução — como ela era, independente do significado que a palavra possa ter hoje — tinha que ser para todas as pessoas, ponto final. Ele não precisava entender ou mesmo gostar de cada detalhe da vida das outras pessoas para saber que elas tinham o direito de serem livres. Essa talvez fosse uma falha na revolução desejada por eles nos velhos tempos, pois ela ignorava a transformação da cultura, onde, afinal, aconteciam muitas das prisões e das libertações. E se — tantos se — Alfonso ainda estivesse vivo; se ele ainda estivesse no país, ao invés de ter transformado o exílio em lar; se ele de fato possuísse aquela faísca dentro dele e tivesse encontrado uma forma de reconhecê-la, então essa lei poderia significar alguma coisa para seu ex-companheiro de prisão. Foi uma manhã agradável, o último suspiro de um verão, com um exuberante raio de sol pousando sobre a versão escrita da lei e esquentando sua pele enquanto ele se inclinava para subscrever sua assinatura no papel timbrado.

— É realmente muito bom — a repórter disse, puxando o ex-presidente de volta para o presente. — Sempre foi muito necessário, mas estamos precisando ainda mais de esperança. Com certeza os espectadores noruegueses vão querer saber a respeito. Algumas das ações foram de cunho executivo, como quando o senhor disse aos Estados Unidos que receberia os prisioneiros de Guantánamo.

— Certo. Bom. Eles ficaram detidos todos aqueles anos sem um julgamento e precisavam de um refúgio, um lugar para ir. Cada nação deve se perguntar o que pode fazer para promover a paz.

Outra circunstância que se mostrou mais complicada do que ele tinha antecipado, tanto que, se ela não perguntasse, ele nem entraria naquele tópico, até porque não havia motivo nenhum para perguntar as impressões luminosas da repórter a respeito do que ele tinha tentado fazer, especialmente porque aquelas tentativas eram sempre interpretadas pelos jornalistas estrangeiros como falsa modéstia. Suas intenções eram as melhores. Ele tinha sido sincero. Fez o seu melhor para ajudar a limpar a bagunça do outro país, e não apenas de um país qualquer, mas do país que apoiou o golpe na sua própria nação e que treinou os torturadores que o torturaram, mas era assim que o mundo funcionava: cheio de surpresas. De todo modo, o que transformou o que ele fez pelos homens de Guantánamo em algo incomum não foi a história entre seu país e os Estados Unidos, e sim o fato dele ter tentado ajudar a resolver os problemas de outro país; não era um gesto comum entre as nações, a tendência era sempre colocar os próprios interesses em primeiro lugar, e se, por um lado, ele conseguia enxergar a lógica, pois você tem somente uma certa quantidade de recursos e o seu povo espera que você tome conta dos interesses da população, o que é uma preocupação fundamental em países mais pobres, é claro, sem dúvida nenhuma, por outro lado não dava, aquela lógica era insustentável, aquele modelo de liderança se torna completamente inútil para a catástrofe adiante, porque atinge todo mundo, as mudanças climáticas atingem todas as pessoas do mundo e estão cagando para nossas fronteiras imaginárias, a natureza não vai distribuir as consequências do que foi feito a partir de um critério de olho por olho ou de quem fez o que antes, então todo esse modelo sobre quem limpa a bagunça precisa mudar, e rápido, porque o chamado Terceiro Mundo vai precisar...

— O senhor acha que sua própria história pode tê-lo ajudado a ser mais empático com aqueles homens?

Que alívio ser arrancado do fluxo dos seus pensamentos. Ele cruzou as mãos sobre o colo e logo descruzou de novo.

— No meu caso, com certeza. Eles sofreram absurdamente naquela prisão, e eu sei como é sofrer assim. Mas espero que não seja preciso esse tipo de experiência para que outros líderes consigam ser empáticos no exercício das suas funções.

— Ah... — ela parecia perplexa. — Sim. É mesmo de se pensar — ela encarou sua prancheta por um instante. — Me conte sobre o começo.

A espinha dele se retesou. Estava na hora.

— Quando você soube que iria se candidatar a presidente?

Ela não mergulhou onde ele imaginou que ela iria mergulhar. Ele respirou fundo e observou a trilha até sua horta, com todo aquele emaranhado de plantas.

— Nunca. Ainda é um espanto para mim.

Ela riu, mas seu rosto permaneceu sério.

— Os anos na prisão não pararam o senhor.

— Não — ele disse, e fez uma pausa, procurando uma forma de encapsular o que atravessava sua mente. — Por um tempo, sim, claro. Fui interditado, existe um limite do que você pode fazer de um buraco no chão. E perdi o juízo por um tempo lá, como todo mundo sabe — aqui ele hesitou, prestes a dar com a língua nos dentes, prestes a revelar toda a história, por que não falar sobre o sapo, talvez ele estivesse enganado sobre aquele ser um assunto que não se deve falar, sobre achar que ninguém seria capaz de entendê-lo; talvez aquele fosse o dia para quebrar o silêncio; de todos os entrevistadores que o visitaram, ela parecia ser a mais receptiva. Estava tão próximo, logo abaixo da superfície, e os olhos da repórter indicavam que ela estava preparada para ouvir qualquer coisa, ali estava, aquela coisa perigosa, o dom da escuta —, mas melhorou ao longo dos anos, quando me permitiram ter acesso aos livros. A leitura salvou minha vida. Minha mãe também recebeu permissão para me visitar naquela época, e ela me trouxe todos os livros que conseguia carregar. Livros científicos, porque os soldados não permitiam outros tipos de literatura. Eu li todos, cada palavra. Aprendi bastante sobre ciência.

Ele tentou parecer sério ao falar, mas ela riu. E ele riu junto com ela. Era verdade, as coisas mudaram radicalmente assim que ele recebeu autorização para ler. Acabaram-se as formigas barulhentas, as conversas com sapos. Ele estava distante do sapo agora, voltando sua atenção para os últimos anos, os anos dos livros, e o que aconteceu na sequência.

— Então, depois que fui liberado, eu me devotei a reconstruir o país do jeito que eu pudesse, conversando com as pessoas sempre que possível, aquela era a única política que eu conhecia.

— Não existe ninguém com uma história como a sua — ela disse. — O senhor concorda?

Dois dos cachorros começaram a latir, brincando, ele pensou, ali pelo lado da horta. Angelita e mais algum outro. Felizmente não havia nenhum trator por perto.

— Eu diria que essa frase é verdade para toda e qualquer pessoa viva. Não existem duas pessoas com a mesma trajetória. Todos nós temos nosso caminho pelo mundo, não porque existe destino, mas porque nós construímos esse caminho, nós percorremos esse caminho, como diz aquele poema de Machado, e é verdade. Nós construímos a estrada ao caminhar por ela, e você nem sempre consegue adivinhar o que vai acontecer antes que a coisa aconteça.

A repórter aparentemente pairou ao redor de várias perguntas diferentes, tentando descobrir qual era a melhor. Ela então se recostou na cadeira.

— São respostas bastante filosóficas, Senhor Presidente.

Ele sorriu, viu a brisa envolver um tufo do cabelo dela, fazendo os fios entrarem em uma dança. A concentração da repórter era tão intensa que ela não pareceu notar.

— E que outro tipo de resposta existe? — ele perguntou.

no fundo do buraco, o homem tentava dar ao sapo o que ele queria: era uma vez, ele disse, um grupo de jovens homens e jovens mulheres que sonhavam com justiça. Eles viajaram pelo seu amado país e ficaram devastados com o que viram. Desigualdade. Trabalhadores que não ganhavam o suficiente para comer ou para que suas crianças pudessem comer, salários desabando enquanto o preço da comida não parava de subir. Famílias lutando para sobreviver. Empresas estrangeiras explorando os funcionários e não se importando com a vida dos parentes desses seus funcionários. E o governo não protegia ninguém. O governo não estava do lado deles. Algumas pessoas idosas transitavam por essas comunidades de jovens e contavam histórias sobre um tempo mais gentil, quando o governo proporcionava paz e ordem para o povo, mas esses tempos estavam já extintos e os jovens questionavam se eles de fato existiram ou, caso eles tenham de fato existido, se a paz e o cuidado e a ordem haviam sido reservados somente para alguns e nunca para todos, nunca para os miseráveis.

O país ainda era uma democracia naquela época. Mas mesmo aquela palavra, *democracia*, parecia vazia — você precisa entender isso. Ou talvez você não entenda, mas vou tentar explicar mesmo assim: a hipocrisia pode esvaziar o conteúdo de uma palavra, estripá-la do seu significado.

Certo, os líderes eram eleitos, e esses líderes fizeram um juramento de servir e representar o povo, não fizeram? Então o que significa quando eles usam suas posições de poder para prejudicar o povo? E quando o povo se ergue em protesto e os líderes eleitos respondem não através da escuta, e sim com o envio de policiais armados para atacar os cidadãos comuns, como se chama isso? Uma mentira, uma fraude, uma farsa? Uma democracia falida? Um cerco patrocinado pelo governo? As pessoas são constituintes ou reféns? A quem essa democracia realmente serve?

Você está acompanhando meu devaneio, espero.

Enquanto isso, em todos os cantos do país, as crianças passavam fome.

Alguns dos jovens que sonhavam com justiça vinham de famílias operárias e conheciam a fome nos seus próprios ossos; outros radicalizavam na universidade, nos corredores entre as salas de aula, em sessões de estudo que se debandavam das provas iminentes em direção às realidades dos menos afortunados. Todos os jovens homens, e todas as jovens mulheres, sonhavam com um futuro melhor para o povo. Não sei se a história será lembrada dessa forma, se os livros didáticos do futuro vão fazê-los parecer monstros ou idiotas, até porque estremeço só de pensar nos livros didáticos produzidos pelo regime neste momento, mas me deixe te falar uma coisa, neste buraco onde nenhum historiador jamais vai escutar, o que faz com que seja tudo provavelmente sem sentido, mas que se dane: aquelas pessoas eram sonhadoras, tudo começou com um sonho.

Com um grande *e se*.

E se, eles disseram, um país pudesse dividir seus recursos de maneira razoavelmente igualitária a ponto das pessoas terem o que elas precisam para sobreviver? E se os trabalhadores tivessem o direito de receber um salário digno? E se cada criança merecer uma chance para aprender, comer, viver em segurança? E se nossa sociedade respeitasse todas as pessoas, e não somente os ricos? E se tivéssemos consciência? E se existisse outro caminho? E se pudéssemos ser governados pelos princípios da dignidade e da humanidade, e não pela exploração, e se esses princípios se espalhassem por todos os corredores do poder? E se os corredores do poder pudessem ser revirados até assumirem novas e afetuosas configurações? E se pudéssemos nos organizar de uma nova maneira, uma maneira sonhada por pensadores visionários, mas nunca realizada na sua plenitude? E se as pessoas pudessem se autoliderar, ou ter líderes que genuinamente trabalhassem por elas?

E se, e se, e se era o refrão da bela música daqueles jovens.

Eles encontraram seu espaço entre as salas e os cafés onde as pessoas se reuniam para sonhar. Liam Marx, discutiam o futuro e os problemas do presente e buscavam inspiração no que tinha acontecido em outros países da América Latina e do Caribe, especialmente nos do Caribe, especialmente em um certo país do Caribe onde a revolução tinha libertado as pessoas comuns, ou assim nos foi contado, e a história seguiu adiante, e me deixe te contar uma coisa, era uma história inebriante, nós nos embebedamos naquela história, nós a engolimos com a ferocidade dos esfomeados, sim, eu disse "nós", porque é claro que eu estava lá, eu participava dos encontros, primeiro como ouvinte, depois como membro, e depois como organizador. Nós continuávamos a contar histórias, a ler, a sonhar. Não foi difícil para eles me converterem, logo no início. Aconteceu em um instante: de repente, no meio da fala de um dos organizadores, que relatava as condições brutais nos campos de cana-de-açúcar, percebi a distância entre como o mundo era e como ele deveria ser. Aquela distância era uma ferida. O sofrimento emanava daquela ferida. Como eu poderia descansar antes de vê-la cicatrizada? Era um corte aberto em todo esse continente ainda nos tempos dos conquistadores; talvez, com alguma sorte e poder, a cura poderia chegar tanto para os vivos quanto para algumas gerações de mortos, não em algum tipo de paraíso, porque eu já era um ateu naquele momento, e sim, pelo menos, não sei, na memória, em homenagens ou, finalmente, em termos de reparação histórica.

Em várias das noites que se seguiram, antes de dormir, eu enxergava as ondas crescentes das revoluções latino-americanas, não apenas como uma ideia, mas como uma imensa onda oceânica se erguendo como um arranha-céu, repleta de rostos, milhares de rostos, a espuma toda salpicada de rostos, uma onda que reunia forças para avançar pelo continente. Nós iríamos lavar gerações de sangue derramado, limpar as feridas, inundar as comunidades com o bálsamo da liberdade. Você pode dar risada, você pode debochar, você pode questionar a lógica esquisita de seres humanos como eu, mas é verdade, era o que a revolução me parecia ser quando entreguei minha vida a ela: um bálsamo.

Meses se passaram. Continuamos sonhando, organizando. As greves dos trabalhadores seguiram ferozes, com o governo reagindo de uma maneira cada vez mais cruel. Os jovens homens e as jovens mulheres que sonhavam com justiça se juntaram às greves, às marchas, aos comícios do lado de fora do parlamento. Eles — nós — vimos a indiferença das pessoas que estavam no poder. Vimos como aqueles que detinham as rédeas não o faziam em nome do povo, independente do que dizia a constituição, independente do que eles juraram ao assumir seus cargos. Eles estavam contra nós, contra o povo. Que outra explicação podia se dar para o espancamento de manifestantes pacíficos, os tiros na direção de multidões desarmadas, as histórias de horror daqueles que eram presos por marchar, o vazio nos seus olhos ao saírem da cadeia? Mas nada disso impediu as manifestações ou os encontros clandestinos. Não. A luta se expandiu, se aprofundou. Era uma luta pela sobrevivência, pela mais básica das dignidades, pelos direitos humanos. Os jovens homens e as jovens mulheres lutaram e, enquanto eles lutavam, assistiram as coisas ficarem ainda piores: a economia colapsou, os salários e os empregos sumiram no meio da fumaça, a assistência do governo foi cortada, os preços dispararam. Pão, leite, quem podia pagar? Onde aquilo ia parar? Manifestantes foram abatidos; a corrupção dos governantes foi exposta, mas eles continuaram à frente do Estado, e os jornalistas que revelaram os crimes passaram a temer por suas vidas. Os jovens homens e as jovens mulheres perderam a fé e a recuperaram em novos lugares. Eles sonhavam. Liam teorias. Carregavam cartazes. Enfrentavam a prisão. Provocavam incêndios por um futuro mais justo. Sim, por justiça, o que, como eles declaravam, era uma forma de amor. Eles queriam transformar a nação em uma nação do povo. Queriam torná-la real, este país aqui, fazer com que a vida dos trabalhadores e das suas famílias pudesse ser uma vida melhor e mais justa, construir juntos um novo tipo de mundo, alimentado pelo poder coletivo do povo, forjado pelo povo, canalizado pelo povo; e então uma questão surgiu entre os jovens como uma colina em uma paisagem verdejante: se precisava ser feito, se eles eram as pessoas a fazer, então... A luta armada, sim ou não?

Não.

Sim.

Não.

Alguns responderam isso. Alguns responderam aquilo.

Alguns recusaram a ideia de uma luta armada, apegados a fantasias de um percurso diferente.

Mas outros, considerando os exemplos de várias revoluções ao redor do mundo, disseram, olhem, esse é um caminho necessário, é o único caminho viável. O governo é corrupto demais para achar que alguma mudança vai vir das mãos dele, eles nunca vão permitir. Sempre vão defender o status quo independente de quantas vidas o status quo destruir.

Se a gente alcançar o poder... Através das eleições...

Eleições! Revolução através das eleições? Não.

Impossível.

Mas por quê?

Não me faça rir.

Se a gente puder...

Vocês não enxergam? O sistema já foi longe demais. Os políticos estão entranhados nas estruturas de poder bem do jeito que eles querem e, se não forem eles, o Império que sustenta tudo lá do Norte vai obrigar essa gente a se manter na linha, mesmo que isso signifique atacar seu próprio povo.

Não quero acreditar nisso.

É uma pena.

Então você está dizendo o quê, hein? Que vamos precisar pegar em armas?

O que estou dizendo é que o único caminho possível é se erguer em nome do povo e reivindicar o poder que o povo merece.

Foi assim que começou. Com debates acirrados em reuniões clandestinas, como aquela, que contou com minha presença, no galpão minúsculo do quintal de um sapateiro, onde uma garrafa de vinho passava de mão em mão, cada um tomando uns goles, uns goles de vinho, uns goles de razão, tudo se misturando dentro das nossas peles. Algumas pessoas deixaram o grupo depois daquela celeuma, mas muitos ficaram, e eu também. O que posso te dizer? Era o poder do sonho. Se as palavras pudessem concretizar um sonho, nós teríamos transformado o continente com as palavras daquelas noites. Mas fundamos um movimento, um novo movimento, um movimento armado, e veio o risco, a entrega, fizemos todas as apostas possíveis, mergulhamos implacavelmente no caminho que levava até o brilho do novo dia, e me deixe te dizer uma coisa, nesta história aqui, aqueles revolucionários armados conseguiram algumas vitórias ao longo dos anos, mas também cometeram alguns erros, sim, senhor, erramos, mais do que eu gostaria de admitir, mas, veja, o movimento não era perfeito; era uma estrada pesada, uma estrada selvagem, e, perto do fim, as coisas saíram do nosso controle. Não estávamos preparados para o crescimento vertiginoso dos últimos anos, quando nosso sucesso passou a ser reconhecido e começamos a ficar populares entre as pessoas comuns, que nos chamavam de bando de Robin Hoods porque nós roubávamos dos cassinos para dar comida aos pobres, invadíamos os bancos e distribuíamos brinquedos pelas periferias nos feriados, assim como usávamos, é claro, aqueles mesmos recursos para estocar armas para a revolução que estava prestes a acontecer (e aconteceria, como a gente imaginava, em todas as partes do mundo, mesmo o coração do Império ia enfrentar a sua própria rebelião!, os Panteras Negras!, e torcemos por eles, daqui do extremo sul, nossos irmãos e irmãs de luta), e tudo aquilo nos deu uma reputação que, no nosso auge, trouxe até o movimento hordas de idealistas inquietos, pessoas enojadas com a repressão do governo e excitadas com as nossas pequenas vitórias, pessoas que sonhavam em contar para seus netos como conquistaram o país em nome das massas. Bom. Todo aquele crescimento no meio das ondas de repressão não foi uma coisa fácil. Não estávamos preparados. E como manter a hierarquia quando você está operando no mais profundo segredo, quando seus melhores e mais inteligentes agentes estão soterrados debaixo da roda da tortura e tudo cai em cima do seu colo? Os sistemas que nós havíamos criado eram inéditos e resistentes, como a teia de uma aranha, e eu sei que você sabe tudo sobre teias de aranha, você provavelmente saltitou muitas vezes ao redor e por debaixo delas, talvez até procurando seu jantar, então você sabe que o que eu vou dizer é verdade: os fios das aranhas são incrivelmente fortes, mas não são inquebráveis. De jeito nenhum. Houve altos e baixos e ondas de esperança e repressão, muito mais do que eu gostaria de te contar. É o suficiente dizer que, depois de anos de luta, nós nos vimos, no final das contas, de fato, em um mundo diferente, mas não no mundo justo que antes tínhamos imaginado, não, senhor, e sim em um mundo que, além de não ser melhor, era inexplicavelmente pior.

Foi nossa culpa?

Eu diria que não. Eu preciso dizer que não. Na maior parte dos dias, é o que eu acredito, apesar deles terem esmagado tantas das coisas que eu acreditava.

Não posso ouvir outra resposta.

Algumas pessoas colocam a culpa na gente, eu sei, eu sei. Deus sabe o que a imprensa censurada está falando agora.

Nossa presença talvez tenha alguma participação no colapso que nos levou até este lugar, e isso me devasta mais do que eu consigo admitir.

Ainda.

É tão fácil culpar a vítima.

Tão assustador culpar a mão do poder.

Mas de volta ao que aconteceu com a gente, nos estertores do nosso movimento. O que aconteceu com os homens e as mulheres que sonhavam.

A neblina se adensou por todos os lados, não conseguíamos enxergar mais nada.

A mão do poder nos encurralou.

As câmaras de tortura destruíram milhares de almas.

Não havia mais nenhum ar para respirar.

Fim.

Que história alegre, essa!
— Você queria mais histórias. Tem mais história aí do que na anterior.
Então você está desistindo do mundo, é isso?
— O mundo desistiu da gente.
Covarde.
— Como assim, você vai me chamar de covarde agora?
É fácil, observe. Covarde! Covarde!
— Seu filho de uma puta minúsculo. Você não sabe o que eu passei.
E daí? Ninguém sabe o que os outros passam na vida.
O futuro presidente não tinha uma resposta pronta para essa.
Você não vai voltar pra ninguém?
— Não tenho como voltar. Estou preso aqui.
Mas e se você pudesse voltar?
Ele só podia responder com o que ele sentia naquele instante, porque os instantes eram todos efêmeros, nada era sólido, nada era garantido.
— Esquece.
Não tem nem uma fêmea pra quem voltar?
— Eu já disse que não.
Mas você não tem uma fêmea?
— Uma namorada, é isso que você quer dizer? Sim, claro.

Me conte sobre ela.
— Cala a boca.
Vamos lá, você precisa me dar um pouco mais. Me conte sobre essa fêmea.
— Vamos falar de alguma outra coisa. Vou pensar numa outra história. Qualquer coisa, menos sobre ela.
Por quê?
— Não é da sua conta, caralho.
Nossa! Que sensível!
— E, já que você tocou no assunto, essa coisa de falar em *fêmea* é uma baboseira. Não é como a gente é. Ou era. No movimento, digo. As mulheres eram tratadas com respeito, não era nada como você está imaginando.
Falar em fêmea não é respeitar?
— Você não está entendendo. Você é um animal, o que você sabe do mundo, né? Desculpe, eu amo os animais, o que é que eu estou dizendo? Eu não quis ofender. Ou... Hum. Se fui ofensivo, consigo entender que passei dos limites.
Hum.
— O que eu quis dizer é que, sim, para os humanos é um insulto, e não gosto de ouvir você falando dela dessa maneira.
Hum-hum.
— Você não está acreditando em mim? Qual é o seu problema?
Ahá! Olha a gente bravo de novo.
— Mas é porque...
Ótimo. Fique bravo, fique acordado.
— Isso não faz o menor... Desculpe, esqueci de novo, você não dá a mínima pra fazer sentido. Tanto faz. Eu estava falando de alguma coisa, era importante... Ah, sim, mulheres. Nós tínhamos um tipo diferente de código,

um código melhor, a revolução era para todos, homens e mulheres. Liberdade pra todo mundo. Nosso movimento possuía algumas companheiras muito corajosas.

Na mesma quantidade dos homens?

— Ah... Bom, não, claro que não. Assim, tá, certo, os líderes eram todos homens. Mas as mulheres estavam lá também, e elas eram importantes, elas nos ensinaram bastante, nós protegíamos elas, trabalhávamos com elas. Elas eram importantes para nós, as pessoas desconfiavam menos delas, acabavam parecendo mais inocentes, então trabalhavam muito bem disfarçadas. E elas sabiam como usar a voz. Tinha essa jovem mulher no movimento que subiu na hierarquia, chegou até o comando central, ela era boa em tudo que fazia, e uma vez logo no começo ela abandonou uma reunião e voltou com um bigode pintado no rosto, e sabe o que ela disse? Ela explodiu com a gente, em uma voz grave bem exagerada. Agora vocês vão me escutar? Nós não tínhamos percebido que não estávamos escutando ela, não notamos suas tentativas de entrar na conversa, e agora lá estava ela, toda adorável com seu cabelo vistoso e sua blusa apertada e o bigode pintado. Aquilo fez a gente cair na risada. Fez a gente desejar ela. Naquele momento, ela conquistou toda nossa atenção, posso te garantir, esquecemos completamente a discussão de antes. Só quando as risadas morreram é que vimos o quão sério o rosto dela estava, o quão intenso. Ficamos quietos e deixamos ela falar. Não lembro o que ela disse, mas todos nós escutamos, e depois daquele dia ela nunca mais precisou pintar um bigode de novo.

Era para ser uma história engraçada, e o homem riu várias vezes dos seus companheiros, mas agora o sapo estava em silêncio e um calor grudento subiu pelo corpo do futuro presidente enquanto ele mentalmente repassava o que ele achava ser uma história sobre respeitar as mulheres, uma prova do quanto seu movimento era igualitário, uma afirmação a respeito da qual ele de repente já não estava mais tão certo.

Tum-dum-dum, hum.

— Não sei por que eu falo contigo.

Eu sei.

— Você acha que sabe tudo, mas você não sabe, você também é parte desse buraco, você não sabe porra nenhuma sobre o mundo.

O mundo é aqui.

— Oi?

Aqui, aqui, o mundo é este buraco aqui.

— Isso é ridículo.

Buraco aqui buraco aquiiiiii...

E o sapo sumiu.

naquela noite, no buraco, o homem teve um sonho. Seu país era uma mulher, amarrada e vendada, nua no chão frio. O sangue escorria pelas suas coxas. Em cima dela, uma figura de uniforme, com o cabelo grosso e os dentes proeminentes. Ele olhava para ela, à espreita, embriagado pelo estupro, ainda com fome. E ele também era o país. A imagem girava, torcia, se distorcia. Dois corpos, um país só. O que o homem não sabia, não conseguia expressar, o que estava perdido na neblina opaca era onde o país ia afinal viver, se era no corpo de uniforme ou no corpo nu no chão ou em algum outro lugar, na eletricidade entre eles, naquela dança despedaçada.

Foi só um sonho, ele disse para si mesmo, com os olhos arregalados, o corpo frio de suor. Foi só um sonho. Mas era tarde demais. As fronteiras já estavam nebulosas, as paredes entre o acordar e a paisagem dos sonhos haviam derretido e, naquele buraco, o espaço era muito pequeno para comportar tamanha disjunção.

— Para muitas pessoas na Europa — a repórter disse —, é incrível como o senhor conseguiu assumir o comando do mesmo governo que no passado te tratou de uma maneira tão brutal.

— Bom — o ex-presidente disse. Ele respirou fundo. Angelita estava cansada de brincar na horta e se enrolou em volta dos seus pés, onde agora cochilava. O homem acariciou gentilmente o pelo da sua cachorra com a lateral do pé, aproveitando-se do calor do animal. O que ele fazia para manter Angelita aquecida: no inverno, ela o acordava três ou até quatro vezes por noite, implorando para que ele reavivasse o fogão à lenha, e ele a atendia, mesmo quando precisava administrar um país, por que não, né, aprovar uma lei, participar de uma reunião, reavivar o fogo durante uma noite fria de inverno, fazer um carinho na sua cachorra sob o brilho das brasas, tudo no decorrer de um dia de trabalho e sua respectiva noite. *Não vá se esgotar,* sua esposa às vezes murmurava da cama, *você tem outro dia longo amanhã,* mas ela não forçava a barra; ela entendia. Nem sempre dava para convencer o Senado ou um líder estrangeiro ou a opinião pública a ver as coisas do seu jeito, dias quando as meticulosas maquinações necessárias para satisfazer todas as facções podiam te levar à beira do desespero, dias quando todos os problemas do país desabavam sobre seus ombros na forma de tensões implacáveis e parecia até criminoso o quão pouco você podia manobrar, mesmo com sua influência presidencial, para minorar a dor do povo (e como pode, você pensava, como pode, ser a pessoa com mais poder neste país inteiro, tendo alcançado o topo da infame escada social, e de repente descobrir que existe tanto que se é incapaz de fazer que você nunca vai conseguir, nunca vai implementar, mesmo com a vontade do povo servindo de sustentação, porque o poder do seu país não envolve apenas o seu próprio povo, é sobre a grande rede de poder labirinticamente entrelaçada ao redor do globo, um emaranhado internacional de fios invisíveis que conecta a realidade, conecta as economias, você se vê amarrado, em dívida, você não conseguia enxergar toda a dimensão da rede de poder antes de alcançar o topo da escada, e agora tudo é tão claro quanto o dia, embora continue invisível para a maioria da população, exceto como uma opressão da qual eles exigem serem libertados, e sim, claro, eles merecem ser livres, você lutou toda sua vida por aquele objetivo e por mais nenhum outro, mas o que você enxerga do seu posto de observação é a complexidade diabólica da rede do poder, corte esse fio aqui e aquele outro vai desmoronar, até que de repente ninguém encontra nem mais um pão para comer, então você tenta proteger a comida do povo ao mesmo tempo em que tenta libertá-lo, e as pessoas falam, as pessoas gritam, ele deveria fazer mais, por que ele não se mexe, algumas pessoas começam a usar a palavra *vendido*, e ali está você no degrau mais alto, fazendo tudo o que pode fazer, o que não é nem de perto suficiente, não é nem nunca vai ser suficiente) e, depois de alguns dias daquele jeito, que remédio melhor do que esquentar Angelita e encontrar o amor nos olhos de Angelita? Não existia nada melhor, essa era a resposta. Não existia nada melhor. — A vida é cheia de reviravoltas — ele disse.

— As pessoas estavam prontas para te apoiar, apesar do seu passado, ou talvez, em parte, por causa dele?

O ex-presidente suspirou.

— Tinha um pouco de tudo — ele disse, relembrando seu primeiro mandato no Senado, quando colegas mais velhos ladravam sobre legislar ao lado *daquele guerrilheiro sujo*, sem nem se importarem de se afastar ou de falar em voz baixa. Foram dias tensos, depois que a primeira onda de ex-guerrilheiros cruzou os corredores do Congresso, mas também foram dias fascinantes, porque eles sabiam, já naquela época, que era só o começo, o primeiro movimento de uma onda em ascensão, uma mudança inicial na linguagem velada do poder. — Mas, durante a campanha, eu fui completamente transparente, então o público não foi pego no contrapelo. Eu deixei tudo bem claro desde o início: este sou eu, eu vim deste lugar, minhas tentativas de servir meu país foram assim e assado em tal e tal época. E sim, claro, em algum momento a coisa envolveu uma tentativa de derrubar o governo, e não de me aliar a ele. Huum. O que posso dizer? Era outro tempo. O cenário era diferente, mas o objetivo sempre foi o mesmo: ajudar as pessoas deste país. Erguer o país, fazer dele um lugar melhor para todo mundo. Era essa a intenção. Nem sempre conseguimos. Nosso movimento estava longe de ser perfeito — eles estavam errados sobre algumas coisas, certos sobre outras, e ele ainda precisaria de décadas para analisar em qual coluna cada fragmento de lembrança pertencia, se do lado certo ou do errado, eles vacilaram, entraram em choque, eram vários cacos em um caos barulhento, tudo misturado no mosaico do passado. — Eu dizia às pessoas que, se elas tinham odiado o que nós tínhamos feito no passado, eu iria entender, e não me importava, na verdade. O que importa é o que é certo hoje. Antes, nos tempos da guerrilha, nós achávamos que nunca conseguiríamos alcançar mudanças significativas através das políticas eleitorais — ele percebeu que estava pensando em voz alta; sempre gostou de pensar em voz alta, tateando seu caminho pelo fio da fala como Teseu no labirinto, e, embora ter virado presidente significou ter várias pessoas ao seu lado constantemente o alertando para pensar antes de falar, ele algumas vezes obedecia, outras vezes não. — Agora, está mais do que claro que não vamos conseguir mudanças significativas sem elas.

— Sem... as políticas eleitorais?

— Exato.

— Essas foram algumas das coisas que o senhor falou durante a campanha?

— Sim.

— E as pessoas te escutavam?

— Aparentemente, algumas pessoas sim.

Ela riu um pouco. O ar pareceu mais leve e caloroso ao redor deles. A intenção do ex-presidente não era ser engraçado, ou talvez fosse e ele não tivesse percebido; a fronteira na sua mente entre o humor e a seriedade era com frequência uma linha tênue, invisível até para si mesmo.

— Ainda é uma conversa — ele disse. — É assim que deve ser. A sociedade é uma longa e infinita conversa. A questão é que, no nosso país, pouquíssimas pessoas não carregam cicatrizes daqueles anos terríveis. Todas as pessoas passaram por aqueles anos terríveis, mesmo que alguns tenham lidado de outra forma, mesmo que minhas feridas sejam mais óbvias do que as feridas de outros.

— Porque todo mundo foi afetado?

— Exato.

— Um trauma nacional.

— Exato.

— Esse trauma fez a sociedade se tornar mais forte de alguma maneira? Atravessar coletivamente um momento tão angustiante?

— Ah — ele espalmou as mãos e as manteve espalmadas. — Depende.

— Do quê?

— Da sociedade.

O olhar da repórter se tornou inquisitivo. Um lampejo de alguma coisa (tristeza ou medo ou preocupação penetrante) correu pelo seu rosto.

— Entendo seu ponto — ela disse, e ajeitou o cabelo atrás da orelha esquerda; era um hábito dela, ele percebeu, um gesto inconsciente, e ele se perguntou qual era o motivo por trás, se era talvez para amenizar o desconforto, ou para dar coragem, ou para ajudá-la a pensar. — Não consigo imaginar como devia ser, na sua posição, trabalhar com os militares. Depois do que eles fizeram.

O ex-presidente se inclinou levemente para frente. Ele se perguntou se tinha se enganado a respeito da idade da repórter; ela parecia mais nova agora, apesar da sua segurança, perto dos quarenta ou algo assim, e poderia ser sua neta, um pensamento que o preencheu com uma ternura pura e surpreendente.

— Fui conversar com eles no dia seguinte à minha posse para garantir a eles que o novo governo também ia apoiá-los.

— O senhor acha que foi um gesto... — ela procurou pela palavra certa — difícil?

— Na verdade, não. Ou, se foi, não importava tanto assim — que manhã foi aquela: a luz havia tomado conta do refeitório, emoldurando o púlpito e a bandeira nacional na parede do fundo, assim como com os rostos bem barbeados acomodados em fileiras na sua frente, e a verdade é que ele sentiu medo, é claro que sentiu, ele se preparou para, diante de tantos homens uniformizados, ter que lidar com ondas de mágoas ou de raivas ou de lembranças, mas, ao chegar no púlpito, o sentimento que o atravessou foi o espanto por ver o quão jovens, e o quão vívidos, aqueles rostos eram, mesmo que eles desconfiassem daquele homem corpulento atrás do púlpito. Aqueles meninos não eram seus carcereiros, nunca nem tiveram a chance de ser, alguns deles não tinham ainda nem nascido na época dos dias terríveis. Mas ainda assim. Aquilo não significava que eles não eram sectários; eles provavelmente chegaram na vida adulta ouvindo por todos os lados como os guerrilheiros eram a encarnação mais próxima dos diabos no mundo. E então ele os convenceu. Muitos deles, pelo menos. A fala como um instrumento mágico. Ele falou a verdade, que eles eram importantes para o país, que a função dele também era trabalhar pelos militares, porque os militares também faziam parte do povo daquela terra. — É uma questão de prioridades. Fui eleito para ajudar a criar melhores empregos e reduzir a pobreza e a desigualdade, você sabe bem, para melhorar a vida das pessoas. Isso era mais importante do que ressentimentos. Era mais importante do que pensar se uma determinada reunião seria ou não particularmente difícil para mim — aqueles primeiros dias. Uma bruma de conversa e trabalho e a palavra *presidente* pairando em torno da sua cabeça, a coisa mais improvável da vida, roçando seu couro cabeludo com asas invisíveis. — Na verdade, nos meus primeiros meses no cargo, eu segui na direção oposta. Tentei encurtar as penas do pequeno grupo de generais que tinham sido condenados pelos seus crimes na ditadura. Se dependesse de mim, eles teriam sido transferidos das celas frias para prisões domiciliares.

— Sério? O senhor teria perdoado eles?

— Não seria um perdão. Só um gesto de humanidade. Do que adianta manter alguns homens velhos na cadeia? O que isso vai mudar? — alguns desses generais haviam sido os responsáveis por orquestrar o sofrimento do próprio ex-presidente, em ordens detalhadas, e essa não era uma afirmação conjectural, a história já tinha vindo à tona e era amplamente conhecida. E, mesmo assim, ele se surpreendeu por não encontrar nenhum rancor dentro de si, nenhuma necessidade de vingança. Por que não? Ele não sabia muito bem, mas tinha um pouco a ver com a urgência. Rancor e vingança são coisas que podem te manter atolado no passado, um pântano do qual ele desejava se ver livre; ele não podia se dar ao luxo, existia muito para se fazer no aqui e no agora. A idade ajuda a esclarecer essas questões. Na sua juventude, a ilusão de tempo infinito talvez o tentasse a se agarrar à raiva, junto com os outros incêndios que o acometiam, mas, quando ele entrou na presidência (porque é como ele se sentia, muito mais do que se tornar presidente: *entrar* na presidência, como se fosse um prédio que está lá no mesmo lugar há gerações, não algo que você se torna, e sim um espaço no qual você mora por um tempo e transforma na sua casa exageradamente grandiosa, temporária e fugidia, ainda que definidora da alma), isto é, naquela época, ele já era um homem velho e precisava escolher para onde direcionar sua vitalidade. No dia da sua posse, ele tinha setenta e cinco anos, e se via agudamente consciente de como sua vitalidade, assim como o tempo, era finita. Ele não teria o suficiente de nenhum dos dois. Portanto, ele só poderia gastar sua vitalidade e seu tempo no que fosse o melhor para o país, e o país precisava de uma boa relação com os militares, ou pelo menos boa o suficiente para se evitar rumores de golpe; uma demonstração de boa vontade pode gerar muitos frutos quando a boa vontade é recíproca, e o que importava mesmo era o futuro, para que o slogan Nunca Mais, repetido com tanta frequência em toda a América Latina (primeiro a respeito do Holocausto, e depois a respeito do Holocausto e também em relação aos desaparecimentos e aos horrores das ditaduras) pudesse de fato ser cumprido. Mas ele perdeu aquela batalha. A batalha pela leniência em relação aos generais do regime foi uma das várias que ele perdeu. Muitas pessoas da esquerda queriam o tratamento mais duro possível para aqueles homens, então ele calculou a energia necessária para a briga, comparou o peso com outras lutas mais urgentes e deixou o assunto para lá. — Ainda acho que teria sido uma boa estratégia, pensando no futuro. Mas não foi aprovado.

— A maioria das pessoas no seu lugar gostaria de ver aqueles homens sofrendo tudo o que eles pudessem sofrer.

— Você acha?

— Acho. As pessoas podem até não admitir, mas, sim, gostariam.

Ele se encolheu devagar, seus ombros pesados, como sempre.

— O que isso iria mudar? O passado já está escrito, para o bem ou para o mal. Eu recebi uma missão, como presidente, e não era fazer o povo sofrer. Mesmo aquelas pessoas.

— Você ainda pensa neles? Naqueles generais reformados nas suas celas?

A pergunta o pegou desprevenido. A repórter não se mexeu, não tocou seu cabelo ou moveu um músculo sequer, apenas manteve o olhar sobre ele. Angelita se enroscou em volta do tornozelo dele sem abrir os olhos, se acomodou em busca de conforto, embora ele sempre suspeitasse que, atenta como era, ela na verdade não se aproximasse para ganhar carinho, e sim para dar.

— Não. Felizmente não penso.

E ele ficou lá sentado, naquele buraco, um homem solitário no meio da própria merda. Uma história onde nada acontecia. Apesar de que, às vezes, ele achava que aquele buraco era o lugar onde tudo acontecia. Onde a história era imensa. Uma grande batalha que rasgava aquele lugar abismal, um épico secreto, facções em guerra pela alma de um homem, pela alma da nação. Ele tramava toda a história na sua mente, misturada a cenas da *Ilíada*, ainda que, no fundo, como ele também pensava, a coisa fosse mais próxima de *Dom Quixote*, os delírios de um desvairado. Ele devorou aqueles dois autores antes de abandonar a universidade, Homero e Cervantes, Cervantes e Homero, os dois de mãos dadas através do tempo, os livros se sobrepondo na sua consciência, e o que seus professores diriam se pudessem vê-lo agora? Ele podia imaginar o horror ou a pena ou o desdém. Ele era patético. Pomposo. Escutem o que ele está falando, com seus pensamentos ridículos: *alma de uma nação*, como se isso fosse um grandioso filme de Hollywood, como se a estrangeira Hollywood alguma vez tivesse se preocupado com aquele buraco e com aquele homem, ou mesmo com um país tão remoto; mas aí ele pensava mas que porra, e daí, não tenho mais nada a perder e posso ser tão pomposo e ridículo quanto eu quiser, até porque eu sei que tanto faz se meus pensamentos são grandiosos ou não, para o mundo lá fora isso aqui não é nada mais do que um buraco. Uma noite fedorenta. Um lugar abandonado por Deus, embora essa expressão também fosse coisa de fantasia, ele não conseguia não pensar, pois seria preciso existir um Deus para abandonar o que quer que fosse. As mãos chegavam, desciam a comida na corda, puxavam de volta, sumiam. Para elas, não existia nenhuma batalha épica lá embaixo. Elas ignoravam o homem ou se recolhiam em desgosto, do mesmo jeito que se esquivavam de qualquer outro verme, de formigas, ratos, baratas, sapos. Ele era um verme agora, e não era verdade que, para o mundo lá fora, aquele lugar não era nada mais do que um buraco, não, ele pensou, era ser muito generoso, para o mundo lá fora aquele lugar nem existia. Ele não fazia mais parte da realidade. E, ainda assim, ali estava ele. Respirando, cagando, sentindo fome e frio. Coisas mundanas, nada grandiosas. Um ser humano tentando atravessar são e salvo os horrores dos seus dias. O que poderia ser mais mundano do que isso?

Mas era diferente agora. Ele tinha companhia no buraco. Agora, uma parte dele esperava pelo retorno do sapo, uma parte tensa, bastante atenta. Quando seria? Não dava para saber. O silêncio já durava alguns dias, era muito tempo. Quanto tempo mais? Não existiam calendários ali, nenhum telefone, nenhum papel para escrever um convite, mesmo que um convite escrito não significasse porra nenhuma para um sapo. Ele pensou em gritar para chamar a atenção dele, e tentou gritar, *sapo, sapo*, mas não adiantou, não aconteceu nada, talvez porque ele não soubesse o nome do sapo, o que não deveria ser uma surpresa, já que ele mal sabia seu próprio nome, não sabia se ainda tinha um, e talvez o sapo também não tivesse. Vários dias se passaram, dias atravessados com expectativa, um ponto de interrogação aprisionado na superfície de cada momento, escorado em horas de um olhar fixo na direção da parede, quando ele vai vir? O que vai acontecer em seguida? Agora existia uma coisa como "em seguida". Uma possibilidade. Um talvez-ele-venha. O suficiente para mantê-lo vivo, só um pouquinho mais, só para ver o que é que vai acontecer.

Ele estava curvado, murmurando seus números — ele vinha contando meticulosamente, debaixo de uma estática violenta — quando o sapo reapareceu.

Sete mil quatrocentos e oitenta e dois, sete mil quatrocentos e oitenta e um, lá, lá!

— Ah, é você — o futuro presidente sentiu um espasmo de felicidade ao ver seu visitante, um sentimento imediatamente acompanhado pelo pânico de talvez bagunçar sua contagem. Ele precisava continuar. Não podia perder sua estrada numérica. — Sete mil quatrocentos e oitenta, sete mil quatrocentos e...

O que você está fazendo?

— Contando. Obviamente.

Por que diabos?

— Porque bagunça as frequências deles.

De quem?

— Dos torturadores. As antenas que eles instalaram no meu cérebro, elas não funcionam bem se você está contando de trás pra frente a partir de dez mil — ele sussurrou essa última fala, não porque os guardas lá em cima pudessem escutar, não porque eles pudessem interferir na sua interferência, muito pelo contrário, eles queriam bombardeá-lo com estática, e quanto mais, melhor, ele tinha certeza, pelo menos em alguns breves momentos de lucidez, mas, de todo modo, não era uma boa ideia correr riscos. Agora ele estava dividido entre continuar sua contagem ou conversar com a criatura que surgia para afastar a solidão ou por qualquer outro motivo misterioso que ele escondia dentro daquele pequeno crânio. Huum. Por um segundo, ele tentou imaginar o crânio de um sapo. Será que os torturadores também conseguiriam invadi-lo? Mas por que invadir um sapo? Para nos espiar, ele pensou, espiar todo mundo, eles fariam se eles pudessem, e o que você sabe, hein, você nunca mais esteve lá fora para descobrir o pesadelo que o país se tornou, quem sabe, você não consegue nem imaginar, vigilância de sapos por todo o país, pequenos olhos brilhantes espionando as vidas das pessoas a partir de poças d'água e tristes tufos de grama, gravando tudo nos cérebros invadidos sob as ordens do governo e enviando relatórios sapo-codificados para uma autoridade central hedionda... Não. Provavelmente não. Ele balançou a cabeça violentamente para frente e para trás. Esquece, esquece essa imagem, não deixe a coisa ficar tão real a ponto de manchar de sangue a verdade. Era o que acontecia em um dia como aquele, quando sua mente estava frágil. E, de qualquer jeito, apesar de não poder provar como a espionagem funcionava naquela nova versão do país, apesar de não poder provar a inexistência de uma rede de sapos-espiões, ele sabia com aguçada lucidez, ainda que não soubesse como, que aquele sapo, seu convidado, não era um infiltrado, e sim (em uma verdade surpreendente, como essa verdade o encontrou?) um aliado. — Você quer contar comigo?

Claro!

— Ótimo...

Oito, quatro, sessenta e cinco, catorze, um bilhão...

— Não é assim que se conta!

Um milhão e dois, setenta e três, zero vírgula cinco...
— Ei, cara, para com isso. Você precisa seguir a ordem crescente ou decrescente, de um número inteiro para outro.
Que chatice.
— É o que se chama de ordem. Disciplina. Cada coisa no seu lugar.
Como os revolucionários.
— Exatamente.
Funcionou muito bem pra vocês.
— Você é um belo de um desgraçado, sabia?
Na verdade eu sei.
Ele deu risada. E foi estranho dar risada. A vontade de contar se dissipou, seu cérebro não parecia mais tão tomado de interferências, que alívio, uma faxina momentânea da mente, como se a estática fosse uma incansável nuvem auditiva que podia ser afastada pelo vento certo; o implante que eles instalaram nele enfraqueceu de alguma forma, por alguma coisa — mas o quê? Risadas? Insultos? O sapo?
Fale comigo.
O convite era irresistível, por que negar? Mas ainda assim ele hesitou, não queria se expor. Ele queria esticar o tempo, não se entregar tão fácil, brincar com o pedido do outro. E então pensou, a que ponto eu cheguei, abraçando a timidez ao conversar com um sapo?
— Não me diga que é hora de mais história.
Sempre é hora de mais história.
— Não, não é!
Então que outra hora seria?
— Bom, aqui dentro não temos muitas opções, mas lá fora no mundo existe a hora de brigar, a hora de trabalhar, a hora de transar, a hora de dormir, a hora de plantar, a hora de se organizar o movimento...

Sempre é hora de se contar mais história.
— Você é maluco.
Você também é.
— Oi? E daí? Assim, quem é que não é? Veja as pessoas que controlam essa masmorra aqui, você pode realmente chamar essas pessoas de sadias? E os superiores delas, e os superiores dos superiores? Qual é o nome que você dá quando as pessoas no poder, que deveriam atender os anseios do povo, se viram para o outro lado e, pelo contrário, atacam a população?
Me diga qual é o nome que você dá.
— Corrupção! Injustiça! Uma máquina para moer as pessoas, é isso que o governo é. É por isso que nós vamos derrubar esse governo, por isso que vamos reivindicar o poder em nome do povo.
Que coisa mais bonita.
— Sim. Eu sei. Tá, você já defendeu seu argumento, não quero voltar a esse assunto.
Só que existe o outro lado.
— Que outro lado?
Que mesmo que vocês ganhem... Você sabe qual é o problema.
— O problema? Não, teria sido incrível, qual é o problema?
O problema do depois.
— Depois do quê? Da revolução? Teria sido diferente, nós tínhamos um plano, os dirigentes tinham tudo mapeado. Como iríamos estruturar o novo governo, começar de novo, reconstruir a sociedade. Iríamos expropriar as terras para que até as famílias mais humildes tivessem um solo para plantar e comida para comer, iríamos garantir a dignidade de todos os trabalhadores, escolher novos governantes e

fazer eles se responsabilizarem pelos seus atos, tínhamos vários planos, você acha que a gente era o quê, um bando de amadores?

E teria funcionado?

— Absolutamente.

Do mesmo jeito que os planos de luta armada funcionaram?

— Que golpe baixo.

Eu sou sempre baixo. Não vou pra nenhum outro lugar.

— Tão baixo quanto o chão?

Até o chão mais chão de todos.

— Deus do céu.

Qual deus?

— Não existe Deus, é uma figura de linguagem. Mas, enfim, você sabe o que eu quis dizer.

É você quem sabe o que você quis dizer.

— Bom, o que estou dizendo é que, independente de como nossos planos de luta armada se desenvolveram, e o *desastre* não foi nossa culpa, nós fomos esmagados, o Império Ianque mandou seus pistoleiros e nos destruiu, tá certo?, nossos planos da pós-revolução, na verdade, teriam funcionado, sim.

Como você sabe?

— Eu sei.

Você não sabe.

— Assim como você também não, então vai pro inferno.

Onde é o inferno?

— Não existe inferno, eu não acredito em toda essa propaganda católica, eu só disse que não existe Deus, e é isso aí. Nenhum Deus, nenhum inferno. Isso aqui é o inferno, esse buraco. Apesar de que, huum, então eu mandei você pra...

Aqui mesmo.

— Sim.

Ahá!

— Merda. Ei. E se, em alguma outra dimensão, algum outro homem num buraco tiver dito pra você ir pro inferno, e você tiver ido, e aí você desapareceu e veio parar aqui? — ele riu. A risada fez doer até suas costelas, mas ele não conseguiu evitar, não conseguia parar, o prazer pagava aquela dor. — Acho que eu li alguma coisa parecida uma vez, numa história de Borges. Certamente explica como você veio parar aqui.

Muito mais sensível, ele pensou, do que sua imaginação fantasmagórica a respeito de uma rede de sapos-espiões; qualquer coisa que soava como uma história de Borges devia ser pelo menos meia verdade, e isso era algo que ele dizia muito antes do buraco, quando ele ainda era um jovem que devorava livros na Biblioteca Nacional, engolindo contos que o engoliam de volta e mostravam o mundo para ele de uma maneira inteiramente nova.

Não é o que a gente estava conversando.

— E daí?

Eu perguntei primeiro.

— Oi? O que você perguntou?

Você sabe como é que você ia governar?

— Governar o quê? O movimento?

Não. O país. Se você fosse o líder máximo do país.

Ele debochou.

— Bom, meio impossível agora.

Você mal conhece o oceano do que é possível.

— É uma coisa maldosa pra se dizer pra uma pessoa na... — ele apontou, de maneira vaga, para as paredes, para o seu corpo — minha situação. Aqui não existe oceano nenhum, de nada.

Não que você possa ver.
— Alguma coisa diferente do que *você* vê?
Eu não tenho essa cegueira dos humanos.
— Não, imagino que não, você só *tem* cegueira de sapo. Muito melhor, tenho certeza, sua praga.
Quem diria, hein, xingamentos agora, é isso?
— Certo, passei do limite. Você não é uma praga, ou pelo menos não é apenas uma praga. Eu disse antes, amo os animais e amo mesmo. Para falar a verdade, essa terra pertence mais a você do que a esses soldados que perambulam por aí ou a mim mesmo.
Você está dando voltas. E fugindo da minha pergunta.
— Você tinha uma pergunta?
Como você ia governar?
Ele coçou sua coxa. De fato, a pergunta o apavorava. E, contra sua vontade, ele relembrou a ladainha de quando sua mãe secava seus braços molhados do banho e escovava seu cabelo para a escola, *meu filho, meu menino, meu anjinho, você pode ser o que você quiser, você pode ser presidente, você vai ver, você vai mostrar para o mundo* — mas ouvir a voz da sua mãe naquele lugar era como levar uma facada e então, como sempre acontecia quando sua mente divagava na direção dela, ele reprimiu o pensamento e se encolheu. Ele não suportava pensar em Mamá, de quem ele nunca teve a chance de se despedir, de quem ele sentia saudades com uma ferocidade que suplantava até mesmo a imaginação. Ela provavelmente o procurava com toda a força do seu corpo. Não era difícil imaginá-la invadindo todo e qualquer prédio governamental com a certidão de nascimento e uma foto do filho dentro da bolsa, buscando informações sobre o que havia acontecido com ele, sendo obrigada a esperar por horas, não recebendo

nada a não ser o silêncio, mas voltando no dia seguinte do mesmo jeito, porque era assim que sua mãe era, ela não iria desistir, o que significava dizer que o sofrimento dela nos últimos quatro anos havia sido ininterrupto. Como ele a decepcionou. Toda a esperança que ela depositava nele durante o banho, na escovação, nos cuidados do seu pequeno menino-que-podia-ser-qualquer-coisa, e ali estava ele, naquele buraco sombrio.

— Eu já te disse. Tarde demais pra isso.

Tarde, tarde, quase tão tarde, é tão tarde que você acaba tão cedo...

— Deus do céu, não me venha com mais cantoria.

O homem covarde... Ele não tem nenhum plano... Ele nem aguenta...

— Vai pro inferno.

Não existe inferno. As palavras saíram da sua boca.

— Boa resposta. Touché. Mas eu também disse que esse lugar aqui era o inferno.

Então você me mandou pra cá e aqui estou eu.

— Eu já estou ficando com dor de cabeça. Quer saber, vamos falar de outra coisa.

Sobre a fêmea?

— Pare de chamar ela assim. Eu já te disse.

Ah, sim, claro, a revolução! Respeito! Chamar de fêmea não é respeito! Respeito é o bigode! Blá-blá-blá!

— Você é um filho da puta.

Mas você ainda nem disse o nome dela.

— Sofía. O nome dela é Sofía.

Sofíííííaaaaaa...

— Deus do céu, sua voz é péssima pra cantar.

Me conte sobre ela ou eu vou continuar cantando.

Ele abriu a boca para dizer que não, mas alguma coisa dentro dele se rendeu e, antes que se desse conta, já estava falando.

— Ela era linda. É linda. Quer dizer, não sei o que eles fizeram com ela, mas eles não têm como roubar isso dela.

Isso, ele pensou a contragosto, podia não ser rigorosamente verdade; vai saber o que eles eram capazes de fazer com um corpo; mas, mesmo assim, era muito mais do que a aparência de um corpo, ela brilhava por dentro, tinha uma chama que o atraía como uma mariposa e que, ele acreditava (ou ele desejava?), nenhum torturador seria capaz de apagar, então, sim, puta merda, ela era linda, independente do que acontecesse. Até mesmo se... Mas e se...

Ela era guerrilheira também?

— Sim. E uma das mais aguerridas.

E?

— E...

Ele lutava contra as imagens que inundavam seu pensamento, do que eles podiam ter feito com ela, de como ela podia estar agora, protestando contra eles e se lançando ao passado, na direção de uma jovem encarnação de Sofía, de como ela era antes da queda, pronta para a ação, corajosa e capaz, uma Mulher-Maravilha curvilínea em roupas do dia a dia, com uma pistola na cintura, seu rosto sempre uma fortaleza de determinação, mesmo quando tudo parecia perdido. Sofía. Sofía, a líder natural, que o presenteou com seu tempo, sua pele, sua mente feroz, com o fogo nos seus olhos quando ela falava em *revolução*. A incendiária Sofía.

História, disse o sapo. *Está na hora da história.*

Era uma vez um grupo de revolucionários que sonhavam em mudar o mundo lutando contra as forças da repressão, mas as forças da repressão eram um monstro que ganhava novos tentáculos a cada batalha disputada. A guerra se tornou épica, desproporcional ao tamanho do país em que eles viviam. Os guerrilheiros viram seus companheiros serem abatidos nas ruas e nas suas casas, capturados e torturados e execrados na imprensa, na televisão e nos programas de rádio onde os censores exageravam os erros dos guerrilheiros — que, claro, existiam — e encobriam os crimes muito mais perversos das forças do governo. No decorrer da luta, eles também perderam outra força vital: o apoio da opinião pública. O grupo achava que a população estaria do seu lado e, na hora certa, todos iriam se rebelar em uníssono. Eles pensavam: nós vamos liderar e eles vão, felizes, nos acompanhar. Mas os guerrilheiros olharam para trás e descobriram que estavam sozinhos. As pessoas estavam cansadas. Assustadas. Elas assistiam as notícias na televisão sobre tiroteios nas ruas e sobre os subversivos perigosos e elas só queriam que aquilo tudo acabasse. Olhando o passado sob essa perspectiva, quem poderia culpá-las? Pois então. Foi-se o tempo em que o público torcia por um movimento conhecido por roubar dos ricos para dar aos pobres, conhecido por estocar armas, mas a revolução acontecia em nome do povo, que... Tá certo, olha, eu sei que você já ouviu essas coisas antes, já entendi que talvez eu esteja sendo um pouco repetitivo, mas é importante pra mim e juro que estou chegando na parte da namorada, tá? Estamos quase lá, não se preocupe, fique calmo.

 Como eu ia dizendo, nós estávamos perdendo e estávamos sozinhos. As paredes começavam a cair em cima da gente, vinham de todos os lados. Nós nos escondíamos em porões, debaixo de alçapões, em galpões, novos porões e, finalmente, depois de não encontrarmos mais nenhum esconderijo, terminamos em um parque arborizado na periferia da cidade. Eu levava os destroços do grupo até lá na calada da noite, era um lugar onde eu podia chegar até de olhos vendados — e, naquela altura, eu já tinha sido torturado, então, acredite em mim, eu sabia tudo sobre ter os olhos vendados —, porque não era muito longe de onde eu cresci e aquele bosque era um bom lugar para se esconder. O problema era o seguinte: era junho. Os últimos dias do outono. Um frio desgraçado à noite e não podíamos nem acender uma fogueira por causa do medo de sermos descobertos. As mãos e os ouvidos doíam por causa do frio.

 E, uma noite, Sofía ficou responsável pela guarda.

 Ela havia ficado bem quieta durante a reunião do dia. Seu namorado tinha sido morto pela polícia há pouco tempo. Ela não era de fugir das discussões, pelo contrário, geralmente esquentava os debates e mantinha o fluxo das conversas. Eu sabia que o motivo do seu silêncio era o luto, apesar dela não falar nada em voz alta — estava determinada a ser uma guerrilheira íntegra e que conseguia suportar os trancos da vida; o movimento precisava que ela seguisse firme, então era assim que ela iria seguir. Eu já a admirava há anos. Sonhava com ela, a desejava à distância — como muitos outros camaradas —, mas ela sempre estava indisponível, comprometida com o parceiro, que tinha acabado de ser assassinado. Em outro universo, em outra história, ela, durante o luto, estaria fora do limite das quatro linhas, mas estávamos longe desse mundo onde os limites existiam, onde poderíamos estar fora ou dentro das quatro linhas. Naquela noite, nós dois sentamos lado a lado enquanto os outros, os guerrilheiros mais jovens, dormiam. Conversamos. No nosso grupo, éramos os mais veteranos — ela era dois anos mais nova do que eu, mas ainda mais velha do que a maioria dos outros, nos seus trinta e poucos anos — e a conversa foi reconfortante, bem diferente de conversar com os recrutas mais novos, que olhavam para você em busca de orientação e incentivo. Você não podia revelar para os mais jovens todo o caos da sua alma. Mas com Sofía não existia essa necessidade de esconder o caos ou a tristeza ou mesmo a dor cega, qualquer tentativa seria inútil; mesmo sem dizermos uma palavra, podíamos sentir aquilo tudo um no outro, podíamos acompanhar os pensamentos secretos um do outro. Já haviam passado muitos anos desde que minha última namorada tinha terminado comigo, quando eu estava trancado na prisão municipal; ela não suportou a pressão e, para falar a verdade, eu não via motivo para ela ser obrigada a suportar. Ela não era guerrilheira nem sabia que eu era quando começamos a namorar, não tinha se alistado para viver aquele tipo de vida e — quem pode culpá-la — não conseguiu dar conta da situação. Naquela época, naquela noite no bosque, eu tinha trinta e sete anos e, diante do nosso contexto, já havia desistido de ter uma namorada ou mesmo uma amante de novo. Minha vida era toda dedicada à revolução, então que seja, tanto faz, eu ia abrir mão de tudo do mesmo jeito que os monges abriam mão da própria vida em nome de Deus. Claro, são várias as diferenças entre os monges e os guerrilheiros, a começar pelo fato de que ninguém enxerga os subversivos como figuras sagradas, não depois que o movimento descamba para a desgraça, quando as pessoas te recebem com medo e repulsa, e te culpam pelo colapso do mundo. Mas mesmo assim. A questão é a seguinte: era como se eu tivesse feito um voto de castidade, ou era o que eu acreditava até aquela noite no parque com Sofía. Nossos corpos, por um bom tempo, conversaram sem que houvesse qualquer tipo de toque. Aos sussurros, passamos de um assunto para outro, falamos sobre tudo, exceto sobre seu namorado morto ou o que estávamos fazendo naquele bosque naquela noite ou o que o futuro nos reservava. Contei histórias da minha infância, bem baixinho, entre murmúrios, fiz com que ela desse risada. Eu queria cortejá-la do jeito que se corteja uma rainha, com joias e tesouros, ainda que, como socialista radical, eu não acreditasse em joias capitalistas e tesouros e não possuísse nada de valor, eu não tinha sequer um peso na minha carteira, tudo o que eu possuía eram minhas palavras e o que minhas palavras pudessem transportar. Seguimos daquele jeito até que ela finalmente me olhou e eu olhei para ela e, quando nossos olhos se encontraram, percebi o quão formidável ela era, tão formidável quanto eu. Mesmo através do seu luto, era impossível não notar. Cultivei inúmeras teorias a respeito de Sofía ao longo dos anos, e agora estava tudo ali, às claras. O resto também veio à tona. O medo. O sofrimento. A consciência do fim. Não falamos sobre nada disso, mas não era preciso. Olha, ela disse, o único abrigo que ainda resta é o que a gente dá um para o outro. Senti como se pudesse me afogar nos seus olhos, e isso era tudo que eu queria fazer. Só me afogar e deixar a porcaria do mundo desaparecer pra sempre. Mas eu não podia. Os mais jovens precisavam de mim. Então o que eu disse foi: não consigo imaginar um abrigo melhor do que você. Ela pareceu se divertir com minha resposta. Sério?, ela disse. É o melhor que você consegue? É o melhor que eu consigo hoje, eu disse. E com todas as histórias que escutei sobre você, ela disse. Histórias, eu disse, que histórias? E foi aí que ela me beijou. Nos beijamos por bastante tempo, enquanto nossas mãos mergulhavam debaixo das nossas roupas para afugentar o frio. O perigo já era parte da minha vida há muitos anos, mas naquela noite foi diferente. Deus do céu, pensei assim que enterrei minha mão nos seus cabelos, nós nos conhecemos na vida errada, se pelo menos a gente tivesse se conhecido em outro lugar e em um tempo mais pacífico, com um futuro à frente em vez disso aqui, o que é que poderia ser. Fizemos amor como se fosse a última oportunidade das nossas vidas. E de novo, com a mesma intensidade, na noite seguinte, e na noite seguinte, e na noite seguinte, e aquelas noites no bosque se estenderam por semanas, noites sem qualquer tipo de compromisso, noites frias e frágeis enquanto a revolução se despedaçava ao nosso redor.

Quando fui preso, Sofía já estava em mim, como se costuma falar, e parecia que eu também já estava nela. Não me olhe desse jeito, não foi isso o que eu quis dizer e não é hora para vulgaridades, estou tentando te contar uma coisa aqui. Você pode ser tão vulgar quanto você quiser ser a meu respeito, mas não a respeito dela, ou eu estraçalho essa sua cara pegajosa.

Pouco depois deles me prenderem, eu soube que ela tinha sido capturada também.

E o que fizeram com ela deve ter sido bem pior do que o que fizeram comigo — todas as coisas que eles fazem com os homens, fazem com as mulheres, e muito mais. Um impronunciável mais. É o que realmente me faz odiar o mundo, que me faz ter vontade de fugir do mundo, deixar o planeta pra qualquer vagabundo que queira ficar com ele, mandar a sanidade à merda, já que ela é mesmo uma mentira fodida — pensar naqueles desgraçados quebrando ela ao meio, destruindo o que era tão vivo.

O sapo ficou calado.

O homem esperou, mas nada aconteceu. A dor nos seus braços cresceu a ponto de se tornar um rugido no meio do silêncio.

— E aí? — ele disse enfim. — Nada pra falar?

Que coisa idiota.

— Oi? Seu ingrato, você não merece uma história como essa se...

Não a história toda. A última parte. É um pensamento idiota, se você nem tem como saber.

— Saber o quê?

Se ela está mesmo quebrada.

A imagem do sonho ressurgiu, a figura vendada no chão tinha o cabelo de Sofía, os ombros de Sofía, como ele não percebeu antes? Talvez por não querer ver. Era assim que a mente das pessoas agia para protegê-las das suas próprias lembranças?

— Como é que ela não vai estar quebrada? Quem é que não está?

Se você não quer ficar quebrado, você não fica quebrado.

— Você é um sapo. Não sabe o que os humanos fazem uns com os outros, o que eles fizeram com a gente.

E o que eles não fizeram também.

— Não existe nada que eles não tenham feito. Olhe pra mim. Eles me deixaram com fome, me bateram, me torturaram com aquelas máquinas importadas e luxuosas, me jogaram sozinho aqui, e não fizeram isso só comigo, mas com todo mundo, a resistência perdeu, nós perdemos, nós estamos acabados.

Ei, ei, ei, lá vem uma tem-pes-ta-de...

— Você está me escutando?

Você é um homem bobo.

— Vai se foder.

O sapo pulou para longe, na direção das sombras.

— Espera. Não vai embora.

Você não me quer aqui.

— Eu quero. Estou me sentindo solitário. Fique.

O sapo pulou de volta, mas só até metade do caminho, parecia esperar.

— Por favor, fique — ele disse, mais gentil desta vez. — Você está magoado?

Tanto faz, você não sabe de nada mesmo.

— Não é verdade.

Você não consegue enxergar sua própria história.

— Pelo contrário. Meu problema é que eu enxergo bem demais.

Exceto, ele pensou, quando você é invadido pela estática no cérebro, que é quando você está perdido, meu caro, você sabe disso, admita, embora, neste exato segundo, a coisa toda esteja piedosamente mais baixa, o que é mais um motivo para manter o sapo por perto.

Se você pudesse enxergar você ia saber qual era seu lugar dentro da história. Você ia saber a diferença entre o fim e o Fim.

— Huum, tá, e o que mais? Terra não é terra, merda não é merda, um buraco não é um buraco?

Exato.

— Era uma pergunta retórica...

E outra, se você pudesse enxergar, você ia descobrir a Coisa.

— Oi? O que é a Coisa?

A Coisa que você precisa.

— Não sei se você já percebeu, mas eu estou em frangalhos aqui. Eu preciso de muito mais que uma coisa só. Assim, olhe pra mim — ele na verdade não se via há anos, podia apenas imaginar sua aparência, corcunda, esquálido, ele não queria nem saber. — Não seria mal ter por aqui um sabão, água, uma cama, um bife, um livro, um telefone, um penico, uma caneta, deus do céu, não me faça escolher entre um penico e uma caneta...

Existe a Coisa. E na Coisa está Tudo.

— Hã? A caneta é um penico? Que coisa é essa, um canivete suíço de banheiro com uma...

Não. Está dentro de você.

— Espero que você não esteja falando do penico ainda.

A gente nunca falou de penico nenhum.

— Certo, ótimo.

Aí dentro está tudo.

— Que bobagem.

Você precisa encontrar.

— Encontrar o quê?

A Coisa.

— A Coisa. A porra da Coisa. Que caralho, cara, não dá pra mim, a gente não pode conversar sobre outro assunto, não?

Tipo o quê?

— Me fale um pouco sobre a região aqui. O que você vê quando sai dessa merda de lugar?

Não.

— Não estou pensando em rota de fuga, é uma ideia absurda, eu sei, já abandonei essa ideia, juro. Só preciso ter alguma notícia do mundo lá fora.

O sapo encarou o futuro presidente por um longo período, como se estivesse encadeando uma série de pensamentos intrincados.

Verde e verde e agitado. Verde e verde e cheio de terra.

— Huum. Sim. Eu amo a terra.

Você ama?

— Você não se lembra da minha história sobre a fuga da prisão? Sobre me transformar em minhoca?

Minhoca, minhoca, o guerrilheiro-minhoca.

— Exatamente. Pela terra, que está em tudo. A terra pode muito bem ser meu Deus. Todas as coisas verde-viventes crescem da terra, e é da terra que vem a vida.

Eu tinha entendido que não existia nenhum Deus.

— Continua sendo verdade. Mas, se existe um, se eu pudesse escolher um, seria a natureza. A terra. Esta Terra.

É onde nós precisamos ir.

— Como assim, ir?

Para encontrar essa Coisa que você precisa.

— Está na terra? Você está brincando comigo, caralho? Pra encontrar essa famosa Coisa, essa coisa ultramisteriosa, nós vamos ter que cavar na terra?

Não é cavar. É contar. O motivo para contar. O motivo por que você dá as histórias.

— Eu conto porque você me pede pra contar.

Não. Não é só isso.

— E por que mais?

Para manter a estática em níveis aceitáveis, para manter as formigas no canto delas. Para não morrer ou não desejar morrer.

Existe uma memória bem lá no fundo aí dentro e ela é bem pequena mas é ela que conecta tudo que você precisa.
— Como assim?
Ela é a Coisa.
— Bah — aquela ideia era insana, e ele sabia disso, ele era são o suficiente para perceber quando uma ideia tinha pulado do penhasco; mas, de novo, ele não conseguia enxergar um bom motivo para se agarrar à sanidade. Era, de qualquer jeito, um cenário em ruínas, nada o separava mais do abismo adiante, então por que não pular, por que não se jogar na direção dos territórios liquefeitos onde a lógica abandonava suas estruturas e assumia novas formas não mapeadas? Por que não procurar pela coisa, por essa Coisa, quem sabe não poderia ser divertido, um passatempo? — Por onde a gente começa esse caralho então?
Comece.
— Mas por onde?
Vá para os lugares de antes.

Antes.
Em outro tempo.

Era uma vez um menino sem pai. Seu pai morreu quando ele tinha sete anos de idade, de sífilis, embora essa última parte ele só tenha entendido de verdade quando ficou mais velho, o motivo para a dor da sua mãe se misturar com a consciência de ter sido traída, o porquê de uma ponta brilhante de raiva se emaranhar à sua tristeza, o porquê dela às vezes dizer *ele nos abandonou* ao invés de *ele morreu*. Para o menino, naqueles primeiros anos, era uma perda pura, uma tristeza enraizada na incompreensão, como era possível imaginar que seu pai não iria mais comandar os almoços de domingo à sombra da videira no quintal, elogiando a comida da sua esposa e, em tom de conspiração, gargalhando com seu filho como se eles compartilhassem um segredo maravilhoso, o que sempre fazia o menino rir e se perguntar que segredo maravilhoso era aquele. Ele nunca descobriu. Seu pai morreu e os almoços de domingo se tornaram insossos, um vazio sem risadas. Mas também era mais do que isso: sem os rendimentos do pai, a família precisou se virar para sobreviver. Cada dia era uma batalha. Ele observava sua mãe plantar vegetais no jardim, em cada cantinho de solo, para que eles pudessem ter o que comer quando os pesos acabassem, e ele e sua irmã se ajoelhavam ao lado dela e aprendiam a cultivar a terra. Sua irmã era muito pequena e não conseguia fazer mais do que juntar a terra em montinhos irregulares; era ele, aos oito, aos nove, o filho mais velho, o responsável pelo jardim, pela família. Ele assistiu a terra miraculosamente abrir espaço para batatas, tomates, cenouras, pimentões e abóboras, viu como horas cavando e plantando e capinando e regando se traduziam, com o tempo, em comida. Ele ia à escola com terra sob as unhas, mesmo que sua mãe insistisse para que ele se limpasse direito: ele fazia o seu melhor e esfregava e esfregava, mas a terra invadia suas mãos e seu mundo. Enquanto outras crianças subiam nas árvores e chutavam uma bola depois do colégio, ele trabalhava, e, olha, eu sei que você sabe exatamente quem esse menino era, nenhum grande mistério aqui, sou eu mesmo, mas, ainda assim, esse vai ser o jeito que eu vou contar, tá certo? É minha maneira de encontrar a Coisa. Então. O menino começou a trabalhar primeiro em uma padaria local, em troca de algumas moedas e de um pouco de pão para ele poder alimentar sua mãe e sua irmã. Foi seu primeiro emprego, e seguiu ali por um tempo. Depois da padaria, nunca houve um dia em que ele não trabalhasse por alguns pesos ao sair da escola e, no ensino médio, ele já cultivava e vendia flores, carregando os ramos no ônibus pela manhã para vendê-los aos floristas que batiam ponto perto do seu colégio e juntar moedas suficientes para o ônibus da volta. Às vezes, ele não conseguia o dinheiro da passagem e pegava uma ou duas moedas emprestadas do padeiro com quem ele costumava trabalhar. Sempre pagava o empréstimo e conseguia comprar um pouco de pão para levar para casa. Não era da água pro vinho, era das flores pro pão. Ele se tornou conhecido no ônibus como o jovenzinho das flores e logo viu a oportunidade de vender alguma coisa já na viagem. Ele podia vender o tanto que seus braços conseguissem carregar. E foi o que ele fez. Vou te dizer o seguinte, ele não ia deixar passar aquela oportunidade, ele não era esse tipo de menino. Ele se abasteceu de flores, embarcou no ônibus com uma explosão colorida nas mãos. Donas de casa e vovozinhas, especialmente, sempre queriam seus buquês, conversavam com ele, davam risada das piadas e ficavam vermelhas ao ouvirem os elogios. Ele falava e vendia e distribuía sorrisos. O charme era o mais importante de tudo, ele aprendeu. Você precisa de charme se vai se envolver no mercado de flores, ou você está acabado antes mesmo de começar. Flores são a alegria na sua forma mais brilhante e efêmera. Quem vai comprar um buquê de um rosto deprimido? Felizmente, ele não estava deprimido. Ele estava cheio daquela irresistível energia da juventude e precisava derramar essa energia em algum lugar. Ele se lançou na venda de flores, nas conversas com os compradores, na leitura de livros, nas pedaladas com seu melhor amigo, saboreando o vento enquanto suas rodas devoraram as estradas do país, ele embarcou em um breve período na universidade, descobriu novos pontos de venda para as flores (mercados a céu aberto, portões de cemitérios), leu ainda mais livros, sonhou com o deque do navio de Odisseu, se apaixonou por Quixote e depois por Sancho e de novo por Quixote, escutou seus professores por horas nos cafés do centro, especialmente o professor espanhol que chegou ao país fugindo de Franco depois de lutar na guerra civil local (a ponto de suas histórias de resistência grudarem na cabeça daquele jovem por anos), ouviu os açougueiros organizarem uma greve, ajudou os açougueiros a organizar essa greve, ganhou pedaços de carne enroladas em papel como agradecimento por ter ajudado a organizar a greve, assistiu sua mãe cozinhar a carne e pensou nos trabalhadores que tinham fatiado aquela comida, escutou histórias de solidariedade contadas por outros operários e se engajou em ações solidárias com outros operários, se encontrou com cortadores de cana-de-açúcar que tinham viajado do extremo norte do país para protestar na avenida principal da capital, devorou teorias socialistas e comunistas, conheceu o homem que organizou os protestos dos cortadores de cana e teve sonhos colossais de liberdade para o país, se permitindo se embriagar nesses sonhos colossais de liberdade enquanto o vinho e o mate passavam de mão em mão, se aproximando cada vez mais daquela faísca que iria desencadear um movimento revolucionário destinado — assim ele pensava — a transformar seu país em uma bela nação onde todas as crianças, órfãos de pais ou com os pais em casa, teriam pão e livros e todas as coisas boas do mundo.

Tudo muito bom, tudo muito bem, mas não é isso.
— E como é que eu vou saber?
Você correu demais com as histórias.
— Huum.
E pulou algumas partes.
— Claro que eu pulei. É o único jeito de contar a história de uma vida sem levar a vida inteira pra isso. Você escolhe o que é mais importante pra contar.
Não.
— Ah... Não?
Também existe o demoramento.
— E que porra é o demoramento?
Sem falar que você escolheu errado.
— Ah, é? Imagino que os sapos sabem fazer sala melhor do que a gente, né? Quer saber, talvez seja sua vez, você não me contou nenhuma história, se a gente parar pra pensar. Que tal você falar sobre sua vida, hein, só pra variar, sua mamãe-sapo, seu pobre papai-sapo, que talvez tenha morrido em sei lá qual idade que os sapos são crianças...
Não estamos chegando a lugar nenhum assim.
— E de quem é a culpa? Eu não sei pra onde nós estamos indo.
Com essa velocidade não vamos a lugar nenhum mesmo.
— Nós já estamos em lugar nenhum.
Sim, mas é o lugar nenhum errado.

— Então existe o lugar certo?

Fique no começo agora.

— Oi? Você quer dizer nas... manhãs?

Me conte de quando você veio menino.

Naquele momento, ele se retesou todo por dentro, embora não soubesse identificar o porquê. Devia ser noite já; a réstia de luz já havia ido embora e a escuridão tomou conta do buraco. Uma caverna de escuridão. O sapo era uma migalha de sombra dentro de outra sombra. Mas ele tinha acabado de falar sobre sua infância, não tinha? Agora estava sendo acusado de correr pela história. Era verdade? Existiam coisas que ele ignorou por não querer tocá-las? Se sim, ele não estava lá muito inclinado a se abrir.

— Não faz o menor sentido. Use melhor a gramática, tá certo?

Dentro de você sendo menino.

— Não melhorou nada.

Você precisa.

— Por quê?

Você sabe por quê.

— O caralho que eu sei — ele disse, e pensou em protestar um pouco mais, mas sua mente de repente o desafiou como se fosse um cachorro sentindo cheiro de memória, como se fosse um cachorro farejando o labirinto do passado.

menino. Criança. Existiu um tempo no qual eu me sentia completo. O mundo era uma coisa inteira e eu brilhava nele, me movia através dos dias como se o próprio tempo fosse puro encanto, me dói pensar, a distância entre aquele passado e o agora, entre aquilo lá e isso aqui, eu fujo da memória do mesmo jeito que eu apertaria os olhos diante do sol. Mas você disse que queria saber do início, então vou voltar até ele. Vá em frente, dê uma olhada. Um menino pequeno no seu uniforme escolar recém-passado, copiando as palavras do quadro negro e fazendo caretas para o outro lado do corredor quando a professora não está olhando. Cinco anos de idade, seis, antes do meu pai morrer. Eu não sabia nada sobre a morte, ou sobre Marx, ou sobre o revolucionário sonhador que viria a ser, ou sobre o sofrimento dos trabalhadores, a face monstruosa do governo. Nada disso tinha surgido em mim ainda, e o mundo se abria na minha frente como uma suave estrada rural. Eu caminhava por essa estrada, pedalava com o vento no cabelo. Eu me sentia leve ao pedalar, como se as rodas que tocavam a terra pudessem a qualquer momento desconectar do solo e decolar e eu começasse a pedalar no céu, voando em direção ao lugar onde Deus supostamente se senta na sua grande poltrona dourada distribuindo amor e ordens. Eu não sabia muito bem o que eu faria se encontrasse com Deus, se iria me prostrar no chão e beijar seus pés, como Mamá gostaria que eu fizesse, ou se iria pular no seu colo, ou se iria desviar no meio das nuvens ali no último minuto e voltar para a Terra. Tantas coisas boas na Terra. A chicotada de ar no meu corpo durante as pedaladas. O vento atravessando as árvores. A música das risadas da minha irmãzinha. O brilho interno quando ela gargalhava por minha causa. Aquele momento quando você descobre formigas e aranhas ao lado do riacho. O cheiro de terra depois da chuva. O calor do sol na pele. O rosto do meu pai quando ele tirava os olhos do jornal para me ver correndo pela sala. Minha mãe cantarolando ao pendurar as roupas lavadas. Sua voz grave nas manhãs, mandando eu me esforçar enquanto ela ajeitava as lapelas do meu uniforme antes de eu sair para a escola. A expectativa dela em relação a mim era do tamanho do mundo. Para ela, eu era o mundo. Para ela, eu era o futuro do mundo. Então vieram meus sete anos. Meu pai morreu. Tudo mudou. Agora eu era o homem da casa, precisava pensar em outras coisas, em coisas que nos ajudassem a sobreviver, coisas que de repente se revelaram para mim. Você já sabe essa história. Pesos. Mercados. Pão. A horta que minha mãe plantou para ajudar na nossa alimentação. Cada planta no jardim era importante. Cada talinho era uma esperança para o estômago. Cada raiz nos despertava um pouco mais para a vida. Quando você tem sua própria horta, você se liberta, pelo menos um pouco, da teia mercenária tão presente no reino da humanidade. Você come o que você cultiva com suas mãos. Você corta o intermediário e as contas e as moedas e vai direto à fonte. Você cria seu próprio sustento, ou, sendo mais exato — já que isso elimina até mesmo o personagem principal —, você cuida da terra enquanto a terra cria o sustento que você precisa.

Esse foi o motivo para eu começar a plantar: necessidade. Depois da necessidade veio o amor. Ali, de cócoras, ao lado da minha mãe, e mais tarde sem ela, enquanto ela cozinhava ou limpava, porque ela tinha muito o que fazer e as tarefas da casa nunca davam trégua, eu assumi a função de capinar e de regar, a semeadura e a poda, observando, cuidando. A felicidade de ter a terra nas minhas mãos. Debaixo das minhas unhas que nunca estavam limpas o suficiente. O cansaço gostoso dos músculos. Agache bem pertinho. Cave fundo, cave raso, cave na medida certa. Cada planta tem sua própria linguagem, sua própria maneira de fixar suas raízes. Não existe nada como escutar as plantas. Nada como enfiar seus dedos na terra.

Era isso que você queria? Estamos indo no caminho certo?

Você não vai responder? Você é mesmo uma desgraça.

Vou esperar.

— Eu gostaria de falar agora sobre seu estilo pessoal — a repórter disse. — Seu jeito de fazer as coisas.

O ex-presidente inclinou o tronco e fez um carinho na cabeça de Angelita. Ela estava encostada nele agora, displicente; ele sentiu a ausência de uma das patas e o calor da barriga dela ao longo da sua coxa, encolhida bem perto dele, mais perto do que seria possível ficar se ela tivesse todas as patas no lugar.

— Certo. Vá em frente, por favor.

— O senhor nunca foi de seguir protocolos formais — a repórter olhou para suas notas, como se precisasse delas, o que, como se viu naquela última hora de conversa, não era verdade. — Dizem que, durante toda a sua presidência, o senhor jamais usou uma gravata.

— É verdade — ele encolheu os ombros. — Odeio gravatas. São desconfortáveis, é muito difícil respirar com o colarinho tão apertado. E no verão? Quem inventou essa coisa de usar gravata no calor? — colonizadores, ele pensou, mas não disse em voz alta. — Bom, de qualquer jeito, a maioria da população do país, as pessoas comuns, elas nunca usaram terno e gravata. Por que elas não podem ter um líder que reflita seu jeito de ser?

— Então isso é importante para o senhor? Se parecer com uma pessoa comum?

— Eu sou uma pessoa do povo. Meu cheiro ainda é o cheiro de uma pessoa do povo — ele não deveria falar daquele jeito, sobre coisas como o seu próprio cheiro. Era uma das muitas questões sobre as quais seus assessores o alertavam nos primeiros anos, e que tentavam corrigir. Especialmente na frente de repórteres estrangeiros, eles diziam. Não é algo traduzível, eles não vão entender, pense na dignidade do seu cargo. Mas ele se via cada vez mais confortável diante daquela norueguesa gentil e espirituosa e, convenhamos, naquele estágio da vida, qual seria o prejuízo? O que ele tinha a perder? Ele se repreendeu rapidamente: sempre um lugar perigoso para se iniciar um pensamento. — Esta casa onde eu moro, ela conversa mais com o modo como as pessoas vivem do que qualquer outra casa presidencial. Não quer dizer que eu fale por todas as pessoas. É claro que não. Mas eu sou parte do povo, sim. Nós somos um Nós.

— Um Nós — ela repetiu, devagar.

— Sim.

— O senhor enfrentou alguns problemas eventuais, não? Com essas escolhas. Em certa ocasião, quando o senhor participou de uma posse presidencial em outro país, os seguranças não queriam permitir sua entrada porque eles não conseguiam acreditar que o senhor fosse mesmo um chefe de Estado.

— Eu me lembro desse dia. Eu estava de sandálias. Eles não conseguiam entender as sandálias. E eu não entendia como é que eles esperavam que eu fosse usar meias em um dia tão abafado.

Não foi a única vez, é claro. Nem todo mundo no seu próprio país aprovava seu estilo, nem mesmo dentro do seu próprio partido, seu terceiro partido, um jovem partido progressista recém alçado ao poder e composto de tantas facções de esquerda que era um milagre eles terem ganhado tantas eleições. Tantas visões sobre como deviam seguir em frente. Tanto trabalho até se colocarem em movimento. Uma vez, na residência de campo do presidente, ele criou uma confusão ao acomodar pessoas importantes bem ao lado do banheiro cuja janela dava para um pátio onde ele pendurava suas cuecas e as calcinhas da sua esposa para secar. Senhor Presidente, um de seus assessores disse, o senhor não pode pendurar sua roupa onde os convidados podem ver. Por que não?, ele disse, todo mundo usa roupa de baixo. Mas ele foi obrigado a deixar a equipe retirar suas roupas do varal e cuidar da lavanderia pelo resto da viagem. E teve também aquela vez quando ele visitou o rei da Suécia e se esqueceu de formalmente entregar o presente que tinha levado. O presente ficou lá, embrulhado, sobre a mesa, provocando um alerta de ameaça de bomba e enchendo o palácio de soldados. Não tinha sido uma questão de princípios, apenas um excesso de distração e uma extrema falta de decoro. Ele não gostava de decoro e, sim, ele tinha seus motivos, mas naquele dia ele aprendeu um pouco sobre o propósito da sua existência.

— O senhor dirigia seu próprio carro pela cidade — a repórter continuou. — Aquele seu pequeno fusca, nós já vimos algumas imagens dele no noticiário norueguês.

— Sério? Bom, por que não dirigir? É um carrinho ótimo, faz o trabalho dele, e me cansei de ficar sentado naquele trambolho presidencial. Agora, eu sei que meus seguranças detestavam quando eu pegava no volante, eu fiz da vida deles um inferno, era difícil para eles terem que constantemente me cercar, então algumas vezes eu, de fato, andei no carro presidencial, mas nunca no banco de trás, como os protocolos geralmente exigiam, só no banco do passageiro.

— Por quê?

— Porque, se alguém fosse levar um tiro, eu ia morrer junto com o motorista.

Ela piscou os olhos.

— O senhor está falando sério?

— Sem dúvida nenhuma. Que tipo de homem eu seria se simplesmente deixasse aqueles homens à própria sorte?

— Mas a vida do presidente não vale, bom, algo a mais?

— Não.

— Nem mesmo pelo bem do país?

— Não.

Ela o encarou. Era impossível ler a expressão no seu rosto. Mesmo o câmera, o tempo todo escondido atrás das lentes, agora envergava seu pescoço para o lado e, abertamente, estudava o ex-presidente. Ele pensou em dizer aos dois estrangeiros que não era assim uma coisa tão digna de nota, já que, no final das contas, seria mesmo mais seguro se ele ficasse no banco de trás ou protegido por um bando de seguranças? As pessoas que talvez quisessem matá-lo — os generais do seu país, a estrangeira CIA — não descobririam um jeito de fazer acontecer? Uma vez, durante a presidência, houve uma batida na sua porta na calada da noite, um militar, uma visita breve e enigmática, uma mensagem absolutamente clara. *Nós podemos chegar até você*. Mas e daí? Ele já encarava a morte há tanto tempo e tinha assistido tantos dos seus camaradas morrerem que aquilo já tinha se tornado parte do tecido dos dias. O que, no entanto, pareceu a ele uma resposta um tanto quanto excessiva, e ele encolheu os ombros e disse:

— Coisa de guerrilheiro velho.

— Ah — a repórter inclinou a cabeça. — Solidariedade.

— Se não tivermos solidariedade, estamos condenados.

A repórter parecia prestes a dizer algo por puro impulso, algo que ela não havia planejado, e então se deteve.

— Seguindo esse mesmo pensamento, o senhor não só se recusou a viver no palácio presidencial como também a ter qualquer funcionário disponível para cozinhar ou limpar, não?

— É verdade. Por que ser eleito presidente significa que de repente você precisa ter uma empregada?

— Mas e em relação às novas demandas do seu dia a dia?

— Bah! O tempo que você leva pra varrer é o tempo que você leva pra pensar. A questão é a seguinte: eu posso ter me tornado presidente, mas eu continuo sendo um homem. É o que as pessoas não entendem a respeito dos presidentes. Eles nunca devem estar acima do povo, nunca devem ser vistos como melhores do que qualquer outra pessoa. Não é a realidade. É só um sistema colonial ultrapassado, que está por aí desde os tempos dos reis, essa coisa de se ter um tratamento suntuoso, e não deveria ser desse jeito. Os presidentes não deveriam fingir que são parte da realeza — ele disse e, de passagem, pensou nas notícias do Norte, o homem com o vaso sanitário de ouro que era tão ingênuo (ou tão desprezível, vai saber) a ponto de não saber a diferença entre os presidentes e os reis, entre as coroas e os lugares para se cagar. Mas esse pensamento veio associado a muitos temores, e ele não quis seguir por aquele caminho, não agora. Ele também se lembrou que a Noruega possuía uma monarquia. Talvez essa conversa não soasse muito bem aos ouvidos daqueles seus dois interlocutores e eles acabassem o interpretando muito mal. Melhor tatear o terreno com mais cuidado. Ele modulou seu tom. — Olha, eu sei que outros presidentes não pensam da mesma maneira, e está tudo bem, não estou dizendo que eles estão errados. Tenho amigos que são ricos e que gostam de serem ricos. É uma cena estranha de se ver, mas e daí? Bom para eles — a história não terminava aí, sempre existia algo a mais para se contar em cada história. Ele nunca tinha tido amigos como aqueles antes de ascender na política eleitoral. Aquelas pessoas se aproximaram quando ele alcançou as esferas mais altas do poder, queriam ajudá-lo, tinham amigos ricos em outros países, acesso a uma rede internacional tão poderosa que se tornava invisível e, sim, eles de fato ajudaram seu gabinete a trazer investimentos estrangeiros para as empresas locais, e aqueles investimentos foram úteis, criaram empregos, e aquelas pessoas também eram seres humanos, aqueles homens ricos, com seus iates e seus funcionários, seus relógios que podiam alimentar uma família de cinco pessoas por um ano, aqueles homens conseguiam criar conexões genuínas e ao mesmo tempo ajudar no grande projeto de desenvolvimento de um povo dentro de um mundo globalizado complexo; até porque, no final das contas, não era todo homem rico que oferecia amizade a um presidente como ele, era preciso ser alguém que enxergava potencial na sua visão e que queria fazer parte dela e, Deus do céu, como eles encontravam maneiras de fazer parte, eles possuíam um grau de influência que ele, enquanto presidente, não teria acesso direto nem mesmo se fosse capaz de viver dez vidas seguidas, era como funcionava o capitalismo internacional, e, independente de como ele se sentisse a respeito do capitalismo internacional, independente do quanto sonhou em desmontar todo aquele sistema na juventude, ele precisava aceitar que vivia dentro do capitalismo, e que seu país também operava dentro dele, para o bem ou para o mal (a rede global de poder, os fios invisíveis e infinitos), e que ele era obrigado a conviver com esse dilema se queria mesmo ajudar sua população a ter emprego, comida e uma vida possível. O futuro pertence aos sonhadores, ele pensou, mas não aos puristas. — É o que mais aconteceu na história, não é? Pessoas ricas em posições de poder? A maioria dos antigos presidentes vieram dos internatos, da alta sociedade. Eu não. Nem de perto. Não é meu mundo e, apesar de conhecer ele um pouco melhor agora, eu não vim desse lugar e não deveria fingir que sim, eu não deveria mudar quem eu sou, quem eu fundamentalmente sou, para poder governar. Governar não é sobre isso.

— Essa é uma abordagem, me parece, completamente diferente do que estamos acostumados a acompanhar quando se trata de relações de poder.

O vento se ergueu e provocou um murmúrio nas árvores. Angelita se mexeu um pouco, mas permaneceu por perto, seu corpo bem relaxado ao lado dele.

— Não estou dizendo que todo mundo precisa viver do jeito que eu vivo. É só como eu sou. É o caminho que fez sentido para mim, e eu estava determinado a viver o que soava verdadeiro para mim, para que essa verdade encontrasse um lugar no mundo — mas lá atrás ele também desejou que outras pessoas seguissem seu exemplo, que as pessoas se voluntariassem a doar a maior parte dos seus salários para a construção de casas para os mais pobres, que se juntassem a ele na criação de uma política econômica mais igualitária, uma espécie de distribuição caprichosa de renda. Não foi o que aconteceu. Ele ficou surpreso de como, mesmo diante de toda a publicidade recebida pelas suas doações, o povo não se juntou a ele, ficou surpreso de como as pessoas preferiram manter o dinheiro dentro das suas carteiras. Quando ele contou à sua esposa sobre seu espanto, ela apenas caiu na risada. *Um homem de antigamente mesmo! Com toda aquela sua conversa sobre pragmatismo, olhe pra você, um idealista no final das contas.* — Um presidente que vive mais ou menos de maneira normal, como o velho anarquista que ele é.

A repórter abriu um sorriso.

— Um velho anarquista como chefe de Estado?

Ele ergueu as sobrancelhas, farejando o sarcasmo.

— Me parece que sim.

— Não existe um paradoxo aí?

Ele espalmou as mãos, como se agarrasse o mundo inteiro de uma vez só.

— Existem paradoxos em todos os lugares.

— Então de onde veio esse modo de vida? Porque veja, Senhor Presidente — ela fez uma pausa para ajeitar um fio de cabelo atrás da orelha —, no mundo todo as pessoas querem decifrar esse código que o senhor descobriu, ou que colocou em movimento, querem se infiltrar nesse paradoxo, porque, bom, muitos de nós estão famintos por novos métodos para entender o poder e as novas abordagens em relação ao sistema presidencial, e também os governos em si, pela própria maneira que pensamos sobre as configurações do mundo e sobre quem de fato define essas configurações e como e por quê, e na verdade parece que estamos à beira de um novo tempo, quando vamos precisar mais do que nunca dessa nova compreensão, porque, se ignorarmos essas questões diante do perigo que enfrentamos hoje no mundo, se o senhor me entende, não sei se estou conseguindo me expressar, estou só pensando em voz alta, talvez eu só esteja sendo meio confusa, não é?

— Você não está sendo confusa — o ex-presidente disse, pensando que, sim, aposto que ela deve cuidar de algumas plantas lá em Oslo, mesmo que sejam somente alguns vasinhos na janela da cozinha, consigo imaginar essa mulher colhendo algumas folhas de manjericão para o jantar enquanto ela corta e mexe e ferve o tumulto de pensamentos na sua cabeça.

— Então, qual é o segredo? Como chegamos até aqui?

Ele sentiu de novo. A beira do abismo. A tentação. De falar, de dizer, de contar todas as coisas. Ela o observou, alerta como um cervo. Ele piscou os olhos, respirou, esperou até aquela vontade passar.

Você está calado há muito tempo já.

Era verdade, já fazia uma eternidade, um intervalo elástico de eternidade em que o sono veio e foi embora, em que a comida na corda veio e foi embora, em que a luz rarefeita através das frestas veio e foi embora e ele manteve seu silêncio teimoso na presença do sapo. Era como o jogo do sério que ele brincava com seus colegas quando era criança e que sempre ganhava, porque sempre conseguia manter os olhos bem abertos até o outro menino piscar, independente do quanto seus olhos gritassem e ardessem.

— Assim como você.

Você não deveria ter parado.

— Você não deveria ter enchido meu saco.

Tum-tum-dum, onde você fooooooi...

— Eu te odeio.

Mentiroso.

— Tá bom, talvez não seja verdade, talvez eu não te odeie, você me pegou aí. Mas mesmo assim. Você não disse nada sobre o que eu te contei — ele sentiu a petulância crescer dentro dele, aguda e infantil, ele sabia, apesar de não se importar mais. Ele se agarrou ao rancor durante todo o intervalo elástico de eternidade em que eles ficaram sem se falar. — Eu fiz o que você me pediu. Algumas dessas coisas eu nunca contei a ninguém.

Tipo o quê?

— Tipo a parte sobre pedalar o caminho todo até Deus.
Ah! Ah, não! O segredo mais segredo do guerrilheiro!
— Não fique aí debochando de mim.
Por que não?
— Eu...
Por que era tão segredo? Por causa da bicicleta? Ou por causa de Deus?
— Deus não existe.
Você repete e repete isso.
— Bom, porque é verdade.
E por que é importante então?
— Porque naquele tempo... Ah, caralho, quem se importa, você não vai entender. O que você sabe sobre o que é ser um humano?
O que é que você sabe?
A pergunta o apunhalou. Ele não aguentava mais, não dava para aguentar outra punhalada.
— Você vai me ajudar a descobrir o que é essa sua Coisa aí ou não?
Então você ainda não desistiu.
— Você desistiu?
A descoberta pertence a você.
— Ótimo. Maravilhosamente do caralho.
Continue, continue.
— Qual o sentido de continuar?
Estamos mais perto do que você imagina.
— Você tem certeza dessa vez?
Não existe uma outra vez.
— Como assim?
Onde você estava. Na terra.
— A parte sobre minhas mãos na terra?
Sim.

— Você quer que eu conte mais sobre a terra? Deixa eu ver, bom, era só a terra... Ah, antes parecia poesia, agora só soa estúpido mesmo.

Por quê?

— Não sei. É só... É uma lembrança minúscula, sem nenhuma pirotecnia, não é nada que você vá colocar na biografia de alguém, entende?

Minúsculo é tudo. É todo lugar.

— Aham.

Fez você feliz?

— A terra? Claro.

Foi seu primeiro feliz?

— Não. Acho que não. Mas depois que meu pai morreu se tornou necessário, foi minha primeira felicidade depois que nós perdemos ele, porque naquele tempo minha mãe precisava fazer cada peso durar o máximo possível e os dias não eram fáceis, alguns dos meus colegas tinham pena de mim por eu não ter pai e eu odiava aquilo, a pena, já naquela época eu sabia que nós tínhamos menos do que algumas pessoas, mais do que outras, e comecei a aprender o verdadeiro significado da luta de classes a partir daqueles dias famintos de...

Muito bem, muito bem, mas não é isso, vá mais fundo.

— Mais fundo... Onde?

Para a primeira vez que você viu.

— Que eu vi o quê?

A Coisa.

— Que é a Porra Toda que Eu Preciso.

Sim.

— Caralho, eu já te disse, não sei o que é, eu fico aqui te entregando minhas memórias todas e você só joga elas fora.

Mais fundo é o caminho.

Ele parou pra pensar, fez um esforço honesto.

— Sofía. Ninguém me tocou mais fundo do que Sofía — ele disse, impressionado de perceber ali, naquele lugar abismal, a mundos de distância do lugar abismal onde ela tinha sido jogada, que era verdade. Eles algum dia se veriam de novo? A conexão entre eles continuaria lá? Parecia impossível, intransponível, algo além da imaginação.

Não. Isso é muito bom e bonito. Mas está muuuuuito longe do começo.

— E qual é o começo? — ele perguntou, já implorando.

O começo.

— O começo do quê? Da minha vida sexual? Não foi nada demais, nada pra você subir nos prédios e ficar gritando pra rua, posso dizer desde já, porque na verdade foi meio constrangedor, eu tinha muito a aprender ainda, mas acabou que...

Não. Nada disso aí.

— Bom, estou perdido aqui. Essa ideia maluca foi coisa sua.

Mais fundo mais fundo.

— O que estou procurando?

A primeira vez que você viu.

— Ah, puta que pariu. Que eu vi o quê? Espera, não, por favor, não diga que...

A Coisa que você precisa.

mas que porra, ele pensou, que porra é essa, eu não quero mais brincar disso, está na hora de pular da roda-gigante e parar de seguir essa criatura em direção ao nada que ela mesma inventou, essa Coisa ridícula, quem sabe de onde ele tirou essa ideia, talvez de lugar nenhum, talvez ele tenha inventado essa bagunça toda e eu fui atrás só porque eu sou um idiota completo, porque não tinha mais nada pra fazer, uma válvula de escape, uma farsa, um joguete maluco, uma tentativa desesperada na expectativa de uma quase vida, um ponto de interrogação suspenso no meio de um pesadelo, uma esperança na qual eu não conseguia acreditar, ou, pior, uma esperança na qual eu fingia não acreditar mas da qual, no fundo, não conseguia abrir mão, só um borrão, só um centímetro, a porra de uma esperança, o caralho de uma esperança, por que aquela coisa resolveu se alastrar sobre ele, remexendo um espaço secreto dentro dele como a vara que você usa para revirar as cinzas à procura de uma microscópica brasa. Mas e se não tiver mais nada nas cinzas? Que é que ele estava pensando? Onde aquilo tudo ia parar? O sapo o fez andar em círculos, e ele estava cansado de ser repreendido por ter pego a curva errada, cansado de viajar pelas lembranças, ele estava mais do que cansado, não tinha sobrado mais nada dentro dele, nenhuma energia, ele queria que aquilo acabasse, queria que tudo acabasse. Mas no fim não era verdade: ele não queria que tudo acabasse. Não era mais o que ele queria, não exatamente. Alguma coisa estava acontecendo, não? Mesmo que ele não tivesse a menor ideia do que era essa alguma coisa. E, de todo modo, por que acabar com tudo seria realmente melhor? Sem aquela conversa exasperante, ele já teria voltado à desolação de antes, uma presa para os guardas, para as formigas, para a sede, para a sua própria mente. O sapo era sua última chance, e lá no fundo ele sabia — ele agora entendia — que, se o sapo fosse embora antes deles terminarem com aquela empreitada, ele iria sucumbir ao horror, iria pertencer inteiramente àquele buraco. Por esse motivo, ele se esforçou.

O que mais?

O que mais se escondia dentro dele?

— Não sei, cara. Eu quero tentar, mas estou em um beco sem saída.

Continue falando.

Então ele continuou. Divagou. Falou sem saber o que falava. Conversou até sua boca ficar mais seca do que uma pedra no deserto. Ele parava quando a comida descia pela corda, parava quando desabava de sono, mas o sapo não foi embora, e ele seguia, mesmo quando a noite se avolumava ao seu redor. Horas se passaram, e então dias, e o sapo continuava escutando, ainda que o ex-presidente não soubesse o que era um fim e o que era um começo. Ele vagou pelas lembranças, pelo tempo. Falou de comida, da escola, da sua bicicleta, da lama depois da chuva, dos céus que de repente se tornavam escuros, da sua irmã cantando, da sua irmã tirando a roupa do varal, do murmúrio dos lençóis, do murmúrio do vento, do barulho das janelas em uma ventania, do rastejar silencioso das aranhas, do acordar diante de uma algazarra de pássaros, do se imaginar voando com as aves, do choro pela morte do pai, cuja única testemunha foi seu travesseiro, pois ele já tinha sete anos de idade, um rapazinho, um jovem homem, ninguém podia escutar, e ninguém soube mesmo o quanto ele chorou pelo pai, não até ali, naquele buraco. Ele falou de quando admirou os doces pela vitrine da padaria, ávido por eles, consciente do quão inalcançáveis eles eram. Falou do castigo da professora, que batia na palma da sua mão, e do inchaço vermelho na sua pele. Falou da terra. Volta e meia, ele voltava à terra. O que foi o que sapo tinha dito? *É onde a gente precisa ir*. Então ele trouxe a terra à tona, nas suas mãos, nos seus olhos, embaixo dos seus pés, ao seu redor. Arrancando as ervas daninhas ao lado da mãe, cultivando aquelas flores, cuidando dos vegetais que os mantinham alimentados depois que eles perderam o salário do pai e precisaram aprender a se virar, a proximidade da fome, a barriga saciada graças à lenta segurança do solo, a alquimia silenciosa que tornava possível o crescimento de uma planta. Sua mãe o ensinou, desde cedo, a cuidar da horta. Uma gênese. Um novo poder. Um milagre que rivalizava com os santos: luz do sol transformada em comida. O surgimento da abobrinha. A bênção das flores. O evangelho de carregar os buquês até o mercado a céu aberto, onde ele vendia às mulheres velhas que iam ao cemitério homenagear seus mortos, e o cuidado com que ele cortava os talos quando era tempo de colheita, o ângulo certeiro que os mantinha frescos, existia toda uma arte por trás da poda e ele reverenciava essa arte, independente se, naquela época, ele pensou ou não em usar aquela palavra, ele sentia orgulho de conhecer aquela arte, porque era uma arte, o ciclo das flores — e foi quando ele sentiu. O tempo cada vez mais devagar.

Está bem perto.

E ele apalpou aquele cantinho do passado, que começou a desabrochar e a revelar sua vibração brilhante e constante.

Fique aí.

O ciclo.

Sim.

Das flores.

Vá até o final.

— Aqui? Isso?

Conte.

— Teve um homem que me ensinou sobre as flores. Um vizinho. Ele cultivava na propriedade dele, vendia, arrumava os buquês na sua casa — a memória se abriu, mas por que tão radiante? De onde vinha aquele brilho? — Trabalhei para ele quando era bem novo e ele me mostrou como o negócio funcionava.

Conte mais. Conte fundo.

— Sobre meu professor das flores?

Sim.

— É aqui que está? A coisa misteriosa que a gente está procurando?

Você não sabe?

— Você é que...

Você é assim mesmo tão idiota?

— Tá bom, tá bom.

Vá até o começo.

E então ele tentou.

Era uma vez um menino que aprendeu sobre o ciclo das flores. Esse menino era eu. Eu tinha mais ou menos onze anos quando comecei a ajudar na propriedade do Senhor Takata. Naquela época, eu já estava há um bom tempo na padaria, e o dono, apesar de gente boa, não precisava mais tanto assim de mim, os sobrinhos dele atendiam atrás do balcão agora, e ele pareceu aliviado de eu encontrar outro lugar para trabalhar. A propriedade do Senhor Takata ficava a três minutos de caminhada da nossa casa, era grande e ampla, com corredores e corredores de flores crescendo luminosas sob o céu, e minha função era regá-las, dar uma olhada na produção e, depois, quando provei meu valor, cortar e colher as flores, o que, você sabe, é uma habilidade mais sutil do que se imagina. Ele sabia tudo do assunto, o Senhor Takata, ele conhecia o ciclo das flores. Não existia ninguém como ele. Ele morreu há poucos anos, durante minha detenção na cadeia municipal, você sabe, aquela de onde eu fugi; Mamá me contou em uma das suas visitas, e não poder ir ao seu sepultamento me dilacerou. O Senhor Takata. Quando eu tinha onze anos, Mamá me disse que eu era muito sortudo por ele me acolher, que eu deveria sempre ser respeitoso e tão útil quanto possível. Eu queria ser útil. Queria aprender. Consigo vê-las agora, aquelas flores, vibrantes e frágeis ao mesmo tempo, e minhas mãos aprenderam a amá-las, a desejar suas pétalas e seus caules. Eu ainda não sabia que aquele trabalho iria mudar minha vida. Que eu iria cultivar minhas próprias flores no meu quintal. Que eu venderia os ramalhetes no ônibus para a escola, que vender flores seria o meu sustento, que eu me tornaria um florista que secretamente organizava a revolução ou um revolucionário que, entre reuniões clandestinas, atendia como florista. Que aquelas flores e a revolução iriam se tornar minhas missões correlatas — e, quer saber, agora que estou pensando nisso, eu me pergunto se alguma coisa teria acontecido sem o Senhor Takata, se as flores teriam ocupado tanto espaço na minha vida e na minha alma.

Porque, veja, o amor dele era palpável. O amor e os outros elementos que lá atrás não fui capaz de traduzir em palavras, mas que dava pra sentir no modo como ele manuseava as plantas, um jeito que eu nunca tinha visto. O Senhor Takata veio do Japão alguns anos antes com sua esposa, a Senhora Takata, e comprou aquela propriedade logo depois, preparou o terreno, começou uma nova vida. Ele não gastava saliva, era cuidadoso com as palavras, que eram novas para ele, no sentido de que nosso idioma era novo para ele e se modulava pelos sons da sua língua materna, o que, pelas costas, virava motivo de troça entre as crianças do bairro, que exageravam o sotaque e repuxavam os olhos assim que cruzavam o portão da propriedade dele, uma coisa que Mamá me disse para nunca fazer e que, portanto, nunca fiz, ainda que — que inferno, não quero falar sobre essa parte, mas você me disse pra ir até o fundo —, ainda que eu nunca tenha censurado as outras crianças, assim como os mais velhos que assistiam e davam risada juntos também nunca fizeram nada. Eu nunca defendi aquele meu chefe que era também meu professor das flores. Que vergonha. É uma coisa que me deixa devastado agora.

    Mas estou divagando?

    Fugindo muito do assunto?

    Como é que eu chego na tal Coisa?

    Você não vai me dizer mesmo, né?

    Fique calado, então, veja se eu me importo com isso. Que porra. Tá. O Senhor Takata era um mestre. Era o que nenhum dos meninos da vizinhança conseguia enxergar. Ele falava a língua das flores e me ensinou. Lá estávamos nós na sua propriedade, curvados sobre alguns cravos, lado a lado, cortando os talos com talho diagonal preciso. Com tesouras afiadas que ele tinha trazido do Japão, umas tesouras com arcos exuberantes, uma peça que você jamais encontraria aqui, neste país, levou um tempo até ele me permitir usar aquelas tesouras, mas acabou deixando. Uma das poucas coisas que eu trouxe comigo, uma vez ele me disse. Mas espere um segundo. Calma. Quando ele me disse isso, não foi entre os corredores de flores, nós estávamos dentro da casa dele. Na sala. Era do mesmo tamanho da sala da minha casa, mas parecia muito mais espaçosa, porque tinha muito menos coisas lá, cada objeto era artisticamente disposto no seu devido lugar ao invés de ser empilhado num canto qualquer. Eu nunca tinha visto uma sala como aquela antes. Onde as outras salas se entulhavam de cores e badulaques, aquela lá parecia, não sei como dizer — não era quieta, porque o oposto da rouquidão não é o silêncio. É alguma outra coisa. Um espaço para cada voz, cada forma e cada coisa poder vibrar nos seus próprios termos. Levou meses até o Senhor Takata me convidar para entrar. Trabalhei duro naqueles meses, e ele ficou mais tranquilo comigo. Sua esposa me ofereceu chá, em japonês, uma oferta que ele repetiu para mim em espanhol e, quando aceitei, eles conversaram um com o outro em japonês por alguns segundos, um som que eu nunca tinha escutado antes e, no fluxo da fala, me parecia impossível de identificar o que era uma palavra e o que era outra. Fluía por entre os pedregulhos da significação, e os acalmava, ou assim soou aos meus ouvidos. Enquanto eles conversavam, pensei que talvez o Senhor Takata não fosse sempre tão taciturno quanto me parecia ser, o quanto ele era comigo ou com os nossos vizinhos, e que existiam outros pedaços dele que só existiam dentro de casa, que existiam em japonês, e que ali eu estava tendo um vislumbre daqueles pedaços, uma espiadela, mas que era o suficiente para me impressionar. A Senhora Takata foi à cozinha e voltou um pouco depois com uma xícara de chá. Ela a colocou na minha frente. Seu rosto era cansado e também gentil. O chá tinha um gosto estranho, medonho, mas não me arrisquei a dizer uma palavra sequer. Bebi o chá e sorri para a Senhora Takata, que me olhou por muito tempo — ela não falava minha língua, eu percebi, era a primeira vez que meus olhos se encontravam com os olhos de alguém cujo vocabulário era completamente diferente do meu; agradeci e sorrimos um para o outro, quase tímidos, então ela fez uma mesura discreta e se recolheu à cozinha. O Senhor Takata arrumava umas flores num vaso, três talinhos, com uma precisão afetuosa que me fazia pensar nos pintores renascentistas que aprendíamos na escola e em como cada pincelada era importante e se relacionava com o todo. Como sempre, eu me sentia mesmerizado pelas mãos dele, pelo seu poder, sua firmeza, os sussurros luminosos que elas extraíam das flores. Uma das poucas coisas que nós trouxemos, o

Senhor Takata disse, essas tesouras. Só nos deixaram trazer coisas pequenas. E então ele falou. Mais do que ele jamais tinha falado comigo. Eu me sentei e escutei, espantado, minhas mãos se esquentando na xícara de chá. Ele vivia numa cidade. Eles fugiram, as bombas estavam chegando cada vez mais perto, era a guerra, eles fugiram com muito pouco, ele era um médico naquela época — o que eu não sabia, não tinha nem imaginado —, mas sempre plantou flores, por amor, ele disse, cuidadosamente esticando a palavra *amor*; no Japão, ele continuou, o cuidado com as flores é reverenciado. Existia uma palavra em japonês cuja etimologia vinha tanto da palavra para flores quanto da palavra que representava o ato de dar vida às coisas. Essa palavra produzia nele uma sensação que ele não sabia descrever em espanhol, ele disse, mas um sentimento que era importante, dar vida às coisas. Então a cidade dele foi destruída, muitas pessoas morreram — e, sendo um menino, eu ainda não sabia como enxergar debaixo daquela simples afirmação, o que, naquela expressão curta, *muitas pessoas*, estava implícito, o quanto era luto, pais, irmãs, irmãos, vizinhos, amigos — e agora, naquela nova terra, ele não podia exercer a medicina como antes, mas, ele disse, com as mãos firmes sobre as flores, com seus olhos se encontrando com os meus, um olhar que durou bastante tempo, ele podia plantar coisas.

Plantar coisas.

O que está acontecendo, não consigo entender.

O que é essa umidade no meu rosto? Estou chorando? Pensei que eu tivesse perdido meus dutos lacrimais naquelas salas de tortura, eu realmente achei que sim, o que você está fazendo comigo? O Senhor Takata. Ele me mostrou. Toda a tristeza, toda a dor, estava tudo nos seus olhos, mas eu não conseguia compreender, uma intensidade que eu enxergava mas não podia reconhecer, eu era só um menino, o que é que eu sabia, eu já tinha perdido meu pai, claro, também não podia pagar pelos doces chiques, mas e daí, minha mãe ainda me amava e meu país ainda estava inteiro... Não posso. Não. Não pode ser aí que você...

    Meu país ainda estava inteiro e
    Quando um país se quebra o que mais dá pra
    Senhor Takata, Senhor Takata, o senhor consegue
    Será que eu
    O senhor consegue me ver?
    Neste buraco?
    Tentando chegar até o senhor?

O buraco se expandiu, brilhou, se abriu, tremeu. O mundo se derramou nele, as mãos do Senhor Takata o embalaram. Elas eram exatamente como ele lembrava, firmes, com dedos longos, habilidosas e precisas, só que elas cresciam a cada segundo, cresciam a ponto de ocuparem todo aquele buraco e talvez até de conter sua dor, será que era possível? Será que alguma mão no universo é capaz de conter a dor? A perda da nação, do lar, da segurança, das vidas, do mundo como você o conhecia antes? Ele mostrou sua alma para essas mãos. Elas cresceram até ficarem do tamanho de uma casa, mãos enormes, mãos de um refugiado, a tristeza alojada nos ossos que não se quebraram, as mãos em cuia, como se estivessem prontas para carregar um pouco de água, uma pétala, um sacramento. Ou ele mesmo. Será que elas podiam segurá-lo? Onde estava o sapo? Ali, no cantinho. Em silêncio. Uma testemunha. E onde foi parar sua própria voz? Ele não conseguia falar, sua garganta era molestada por uma completude da qual era impossível sair qualquer tipo de som, e então ele fez a única coisa que poderia fazer: ele se entregou às mãos. Ele as escalou. Elas formaram um ninho ao seu redor, um barco gentil, uma flor. Ele se aconchegou naquelas mãos como uma semente humana. Permita-se transformar esse momento em realidade, ele pensou. Permita-se ser cuidado. Permita-se descansar nessas mãos que conheceram tanto a tragédia nacional quanto milhares de pétalas, o discurso mais incontestável da terra, permita-se ficar aqui para sempre, ainda que, naquele momento, ele tenha entendido que não seria para sempre, porque, independente do quão devastado ele pudesse estar depois de quatro anos de prisão, independente do quão faminto e machucado e inundado pelo desespero ele pudesse estar, independente do quão convicto ele estivesse de que estava tudo acabado para ele e para seu país — pois seu país estava destruído, o mundo que ele conhecia estava destruído —, ele agora era capaz de enxergar, em uma revelação ferina, enquanto ele se refestelava nas enormes mãos do Senhor Takata, que, apesar de todos seus medos e todas as esperanças secretas, ele não havia perdido todo seu juízo.

Nem suas mãos.

Nem a chance, mesmo ínfima, de um dia ser libertado.

E, se ele tivesse aquela chance, agora ele via o quanto ele precisava aproveitá-la, o quanto ele precisava se erguer e seguir em frente, levar adiante o que lhe fosse ofertado, plantar coisas, dar vida às coisas.

— **m**as então... — a repórter disse, se recostando na cadeira. — Estamos prontos para falar sobre o Norte?

Lá longe, um pássaro cantou sob o caloroso ar da primavera. A luz da tarde começava a se tornar lânguida, rica e densa na sua jornada a caminho da escuridão.

— Não — o ex-presidente disse.

— Não?

Ele permaneceu impassível.

— Nós nunca vamos estar prontos.

— Ah — ela examinou o rosto do seu entrevistado, riu por um instante, ficou séria. — Você está certo. Nada poderia nos preparar para este momento.

Nada e tudo, ele pensou, mas não disse.

— A Noruega está perplexa. Muitas pessoas estão assustadas. Em relação ao que significa para o nosso futuro, mas também de como é que pôde acontecer. Como alguém é capaz de votar em um homem como aquele?

Não parecia ser uma pergunta da entrevista, e sim uma pergunta retórica. Ele sentiu que a máscara da repórter se esfacelava, sentiu as fronteiras do interrogatório de mão única se confundindo com o terreno da conversa, um terreno muito confortável para ele, muito parecido com seu próprio lar.

— Às vezes as pessoas votam em função do medo, ou votam porque a história que o candidato conta é a história que eles querem acreditar que seja verdade.

— Mas *aquela* história, as coisas que ele disse, é tudo tão feio. Preconceituoso. Perigoso.

— Sim, bom... — era tudo tão novo, não a feiura, que era tão velha quanto a história registrada nos livros, e certamente tão velha quanto a história que era contada sobre as Américas, e sim aquela mudança na ordem global. Ele tinha apenas começado a formular as palavras na sua mente, elas se agitavam e rodopiavam dentro dele, mas ele não podia se dar ao luxo de esperar até seus pensamentos se tornarem cristalinos, porque ele era um ex-presidente e, portanto, se esperava dele que sempre tivesse palavras de consolo, alertas e insights na ponta da língua. E, de todo modo, o raciocínio cristalino podia nunca aparecer; você podia nunca ter certeza do que caralho estava acontecendo, então o melhor não era ficar lá esperando, reprimindo suas cordas vocais. — Nós estamos em perigo.

Ela pareceu assustada com a franqueza.

— Estamos?

— Sim — ele disse, quase se divertindo; era uma declaração tão óbvia, mas que, claro, podia soar particularmente sombria vindo dele, o suposto farol da esperança. — Com certeza.

Não que aquele perigo fosse uma novidade, era mais uma escalada dos perigos já existentes no mundo: não era a primeira vez que um país adentrava a terrível realidade de ter na chefia do governo um aspirante a déspota incompetente e sem qualquer bússola moral, nem seria a última, assim como não era a primeira vez que um país com um poder descomunal entregava sua liderança a um déspota, provocando severos prejuízos ao resto do mundo, mas era uma coisa que não dava muito certo em escala global, e ele suspeitou que essas palavras não fossem lá muito tranquilizadoras. Ele se surpreendeu de ver aquilo dentro dele, a vontade de tranquilizar.

— Eu... — ela parecia pairar nas margens de um pensamento, indecisa. — Eu estou com medo — ela enfim disse. — Mais do que nunca.

Existiam milhares de coisas que ele poderia dizer, mas ele sentiu que não era sua vez de falar, que ela tinha mais algumas frases na ponta da língua e que ele deveria esperar a repórter terminar seu raciocínio. *As mulheres têm tanto a falar quanto os homens*, Sofía costumava dizer. *Mas nós somos sempre interrompidas*. A Escola de Sofía, era como ele gostava de chamar, sua universidade particular, o que divertia os dois, já que ele nunca completou nenhuma graduação, e nem tenho essa necessidade, ele falava para ela, você e a vida são os únicos professores que eu preciso. Uma conversa que acontecia nos melhores momentos, claro, não nos momentos quando Sofía apontava como ele havia falado por cima de uma mulher durante uma reunião e como ele precisava aprender a se recolher e deixar as mulheres falarem. Anos antes, aquele tipo de observação da parte dela o levava para dias de mau humor e autopiedade. Ele não foi sempre a favor das mulheres exercendo cargos de liderança? Ele não a respeitava mais do que respeitava qualquer outra pessoa? Como ela poderia acusá-lo de fazer a mesma coisa que ele via outros homens fazendo, o modo como eles invadiam a conversa quando as mulheres estavam falando, aquele ar bem pomposo, todos apaixonados pela própria voz, se ele não era nem de perto tão pomposo daquele jeito, ela não sabia? Aqueles homens que a interrompiam nos corredores do Congresso, ele zombava daqueles homens junto com ela, ele não parecia em nada com eles, como ela podia...? Anos, anos se passaram, até ele relutantemente aceitar que não eram apenas os pomposos, que os bonzinhos também podiam fazer a mesma coisa, que ela estava ensinando a ele uma lição que ele falhou em aprender sozinho. Uma lição que não versava apenas sobre etiqueta e sobre como ser mais equilibrado nas conversas, mas também uma lição mais profunda, sobre como talhar a liberdade para que ela possa incluir todo mundo, sobre como enxergar os lugares onde, embora você ache que estão todos inclusos, na verdade não estão, uma lição sobre como ampliar os canais, sobre como incitar a revolução a viver de acordo com seus próprios sonhos sem deixar ninguém de fora. Nem as mulheres nem os negros nem os gays nem as pessoas transgêneras ou os indígenas ou os imigrantes ou os refugiados. Nos velhos tempos, ele considerava que a revolução deles era a mais ampla possível. Que surpresa foi ver sua visão ser questionada nos últimos anos. Os ativistas mais jovens eram rápidos para criticar o passado. Aquilo o irritava, só que ele também aprendeu algumas coisas. Mesmo agora, nem sempre ele acertava, mas pelo menos entendia um pouco mais do que antes e estava mais disposto a ser corrigido, a estar errado, a tentar de novo. *Você adora falar*, Sofía uma vez disse a ele, tarde da noite, *não tem nada de errado com isso, porque, na verdade, todos nós queremos que você fale, nós precisamos que você fale. Mas você precisa escutar também.* E ele respondeu, eu não quero ser como eles, como os homens pomposos. E ela devolveu a ele um olhar bem-humorado e disse *então não seja*. Agora ele, um ex-presidente que adorava falar, a pessoa que estava sendo entrevistada, usava todo seu aprendizado da Escola de Sofía para manter sua boca calada e esperar.

Um pássaro cantou sobre suas cabeças ao voar para longe. A repórter abriu a boca, e tornou a fechar. Abriu de novo.

— Eu quero ser otimista, eu realmente quero. Mas estou em guerra comigo mesma. Temos tanto para nos preocuparmos, começando pela segurança dos muçulmanos, dos imigrantes, dos negros daquele país. E também temos esse possível impacto catastrófico no resto do mundo. Olha a mudança climática: não consigo imaginar como é que vamos avançar nos acordos internacionais agora, como é que vamos lidar com esse desafio enorme que ameaça o planeta. Sem falar o que vamos precisar enfrentar se estourar uma emergência internacional durante o governo dele.

— Qualquer coisa pode acontecer.

— Sim.

— E, claro, as mudanças climáticas *são* uma emergência internacional — ele disse. — A maior que vamos enfrentar, independente das outras coisas que ainda podem acontecer.

— Sim, sim — ela disse, de maneira reflexiva, quase obediente, com aquela leve modulação na voz que ele se acostumou a escutar quando a conversa envolvia as mudanças climáticas. As pessoas não percebiam a alteração. Era uma resposta humana diante do imensurável. Ela hesitou, como se estivesse deliberando sobre continuar ou não naquele assunto, e ele se preparou, calibrando suas possíveis respostas para que ela não acabasse testemunhando toda a extensão da sua dor em relação ao futuro do seu país, em relação ao futuro de todos os países, o dano já provocado entre os mais vulneráveis, porque é entre eles que o mal sempre começa, como soar o alarme sem soar alarmista, como incentivar a paz e, ao mesmo tempo, fazer as pessoas acordarem, porque a verdade é que as pessoas não queriam escutar, não queriam pensar no quanto os sistemas em que elas tanto confiavam estavam prestes a sofrer ataques sem precedentes na história, pois os sistemas eram frágeis e, sob pressão, as falhas dos sistemas podiam se agravar exponencialmente, e o prejuízo seria inconcebível para qualquer mente humana, ninguém queria escutar aquela merda do tal farol da esperança, ele também não queria escutar, mas ele tinha visto, tinha escutado os briefings, lido os relatórios, sentiu aquela confusão toda até mesmo nos seus sonhos. Muitas vezes ele acordou debaixo de um suadouro que parecia composto por tempestades furiosas, tempestades que invadiam seus sonhos, que inundavam cidades e destroçavam vidas e o largavam encharcado e sem ar na sua própria cama, com os braços em chamas, ainda assustado pelo clamor dos afogados. E, ainda assim, era impossível dar voz àqueles sonhos, apenas à urgência por detrás deles. Como dizer, como formular em palavras... Mas a repórter então continuou. — E então vem essa questão de como tudo isso pode empoderar o crescimento global da extrema-direita. Na Noruega, nós realmente nunca quisemos acreditar que estava lá, nossa própria direita horrorosa, ou que ela tivesse qualquer força ou conexão com o centro de quem somos enquanto cultura, até o ataque de cinco anos atrás. Tenho certeza de que o senhor se lembra.

Ele se lembrava. Estava sentado no escritório da presidência, escutando um assessor ler a notícia em voz alta: um atirador solitário, na Noruega, não um muçulmano, como se supôs de início, e sim um supremacista branco, uma bomba, uma arma automática, um acampamento de férias que recebia os filhos dos líderes da esquerda, sangue, sangue, sangue, as crianças punidas pelos pecados dos seus pais e esse pecado era o quê, permitir a entrada de imigrantes, permitir a entrada de pessoas de cor, se recusar a odiar. Ele olhou pelo salão enquanto o assessor continuava a falar e as palavras se derramavam sobre ele em sons puramente indecifráveis e por alguns instantes ele deixou de estar na sua mesa no continente americano e passou a estar em uma ilha norueguesa, onde ele encheu um rio de sangue com seu próprio rio de lágrimas, e a grande tentação era cair naquele rio e se esquecer de tudo, desistir, sumir para sempre. Mas não. Ele estava no seu escritório. Ele estava sendo atualizado dos acontecimentos. Seus olhos estavam secos. Havia muito trabalho para fazer. Ele mergulhou na sua agenda, empurrando o rio para as camadas subterrâneas da sua mente, de onde ele ressurgiu, naquele momento, no seu jardim, com aflição renovada, acompanhado por um sentimento de horror, porque cada vez mais teríamos novas tragédias como aquela, depois daquela eleição no Norte. Teríamos, sem dúvida nenhuma, muitas outras no país onde aquele homem havia sido eleito, mas também em vários outros lugares, porque o discurso era global agora e se esparramava pelas fronteiras nacionais em um piscar de olhos. *Sangue, sangue, sangue*, ele poderia ter dito, mas não disse, para a repórter. Ele não sabia se ela iria acreditar se ele tentasse falar do horror, da violência no horizonte; as pessoas nem sempre conseguiam visualizar o que elas não podiam suportar em sua imaginação e, quanto menos tempos sombrios você viver, menos você os enxerga se aproximando. Ele mudou a frequência dos seus pensamentos.

— Claro. Uma coisa terrível.

— Aquilo nos devastou. Nos expôs. Um crescimento em incidentes como aquele... — ela parou e respirou fundo, como se o ar fosse escasso.

É provável, ele pensou, conjecturando um final para a frase dela. Mas o que ele disse, de maneira gentil, foi:

— Eu também me lembro das demonstrações de solidariedade em Oslo. As flores. As multidões. Os cartazes com mensagens bonitas.

Ela concordou.

— Levei meu filho para as vigílias. Ele só tinha quatro anos na época e estava assustado, mas nós precisávamos ir, eu precisava mostrar para ele, e ele na verdade já sabia. O primo dele... Meu sobrinho, ele estava naquele campo...

O rosto dela se desfez, um som ficou preso na garganta.

— Eu sinto muito — o ex-presidente disse, por falta de palavras melhores. Tempos sombrios. Ele havia feito suposições sobre a vida de Primeiro Mundo da repórter. Mas o que ele sabia sobre o que ela carregava dentro de si? Ele ficou mais impressionado do que surpreso com o quão impossível era medir a vida de uma pessoa dentro da sua própria pele, o modo como o mundo afetava cada um, a forma exata e o peso da pressão. O sobrinho morto se ergueu, um fantasma, um facho de luz, assombrando o jardim com sua beleza.

— Sou eu que peço desculpas — a repórter disse, sem limpar as lágrimas do rosto. — Desviei do assunto.

O ex-presidente queria escutar mais a respeito do sobrinho, do filho dela, e especialmente da vigília, como eles se viraram na multidão, que caminho percorreram. Por quanto tempo eles atravessaram as ruas, se o filho levou flores até o altar ou se ele mesmo era carregado pelos braços da mãe, ou ambos, uma flor nas mãos do menino que estava nos braços da mãe, um menino jovem o suficiente para que aqueles braços significassem o mundo inteiro para ele. Se eles ficaram em silêncio ou se cantaram alguma das canções de paz que embalavam as vigílias. As cores das flores. Flores, flores, suas cores tecendo um lamento.

— Você não desviou em nada do assunto — ele disse. — Na verdade, pode ser que esse seja o único assunto que existe.

Ela o observou em silêncio, esfomeada para ouvi-lo, esse homem que ela chamava de Senhor Presidente, apesar do seu tempo na presidência já ter acabado, que convenção estranha, se referir a um ex-presidente como se ele ainda habitasse o nome. Ele esperou, abrindo espaço para ela, e de repente ele se perguntou quantas entrevistas mais ele daria antes da morte aparecer para buscá-lo, quantas tardes como aquela ainda restariam para ele, e então lhe ocorreu que poderia nunca mais existir outra tarde exatamente como aquela. Esse pensamento o preencheu com um sentimento que oscilava entre a tristeza e a reverência. Ela ainda o observava e, por um instante terrível, ele não fazia a menor ideia do que fazer, o que falar, o que oferecer para ela, porque não existia nada que pudesse apagar a dor, e ele sabia disso muito bem, então ele ficou lá sentado e seguiu seus instintos e permitiu que ela o observasse, ele se permitiu ser visto.

Lá longe, um carro gemeu pela estrada. E ela, enfim, secou o rosto com mãos cuidadosas. Quando falou de novo, seu tom de voz era firme, sua expressão já havia se recomposto. O momento havia passado.

— Fiquei impressionada com sua reação quando o senhor soube do resultado das eleições, na semana passada.

— Você leu a respeito?

Ela assentiu.

— Vi as gravações.

— Eu estava na Itália, saindo do meu hotel logo de manhã cedo, quando um grupo de jornalistas me abordou.

— Sim, e eles te contaram as notícias e pediram que o senhor comentasse a respeito — ela parecia quase se divertir. — Imagino que o senhor não tinha planejado comentar o assunto, não é?

— Não tive tempo. Soube das notícias ali mesmo, naquela hora. E, de qualquer jeito, você sabe como eu sou — ele fez um gesto com a mão. — Eu digo a primeira coisa que me surge na cabeça. Não sou um homem perfeito, mas sou um homem honesto. Acredito que as pessoas deviam dizer o que elas realmente pensam.

— Mesmo na política?

— Especialmente na política. Digo, o que é a política?

— O senhor é quem pode me responder.

— É a luta para dar alegria e liberdade para todas as pessoas.

Ela ergueu uma sobrancelha.

— E nada mais?

Tinha tanto que ele podia dizer, mil palavras na ponta da língua, ansiosas para serem ouvidas, pois o que foram todos aqueles anos se não uma investida contra aquela mesma pergunta, e quantas respostas estridentes ele não pensou, mais do que é possível acumular em uma vida só? Mas não, melhor se aferrar à bússola interna para a qual ele já havia retornado tantas e tantas vezes e que tanto o impediu de se perder pelo caminho.

— Não, nada mais.

Todo aquele tempo, enquanto o futuro presidente repousava no ninho formado pelas mãos do Senhor Takata, o sapo permaneceu quieto, observando sem dizer uma palavra sequer.

O homem se esticou e agarrou o corpo frio e pequeno. Foi a primeira vez que eles se tocaram, e o sapo exalou um suspiro gutural enquanto relaxava nas mãos do homem.

Ele segurou o sapo junto do seu peito, perto dos batimentos do seu próprio coração. Um sapo aninhado nas mãos de um homem que, por sua vez, está aninhado em mãos gigantescas.

O calor se espalhou por ele, o calor de um abraço, um abraço diferente do de Sofía, do abraço de antigos amantes, da sua mãe, a quem ele imediatamente expulsou da mente, como vinha fazendo nos últimos quatro anos, uma forma de protegê-la daquele lugar sombrio, mas não, pare, espere um pouco, disse uma voz dentro dele, deixe sua mãe respirar dentro da sua mente, seu covarde de merda, dê a ela pelo menos isso, e ele deu, deixou sua mãe entrar, deixou que ela se erguesse dentro da sua consciência, Mamá, Mamá, você consegue me sentir, você está me escutando, você sabe que seu menino ainda está vivo, eu sinto muito, Mamá, pela dor, pela preocupação, por tudo que você sofreu. Jamais vou perdoar esses escrotos brutais, mas eu devo o mundo a você. Se a mãe dele escutava ou não seus pensamentos, ele não sabia dizer. Embalou o sapo junto do peito, segurou aquele pequeno corpo de maneira gentil, seu primeiro abraço em quatro anos. Todo aquele tempo sem ser tocado, ou então era um toque duro, o toque dos guardas, e só agora ele percebia que estava em contato com outro ser vivo. O calor continuou a se espalhar por ele, fez seus dedos formigarem, acordou sua pele, injetou sangue no seu sexo, o que era aquilo, será que era, sim, puta merda, ele pensou, estou tendo uma ereção, não estava duro como uma pedra, nada para se vangloriar por aí, mas, mesmo assim, era uma ereção, sim, e aquilo o deixou mais envergonhado do que ele gostaria de admitir, ali estava uma história que deveria ser enterrada por toda a eternidade, ninguém podia saber que aquilo tinha acontecido até o final dos tempos, um pênis ficar ereto porque você está segurando um sapo, quem é que já tinha ouvido falar de uma coisa como aquela, e, no entanto — por que não admitir? —, a humilhação foi subjugada pelo alívio de ver o que seu pau ainda podia fazer, ele não tinha ficado realmente duro desde os tempos de liberdade, desde antes da Máquina, aquilo pelo menos indicava o quanto seu corpo continuava capaz, os eletrodos nos seus genitais não tinham eletrocutado todos seus circuitos no final das contas, bom saber, podia ser algo útil, caso ele um dia conseguisse sair daquele lugar desgraçado, e aí, ele pensou, eis um pensamento otimista, afinal, quem diria, olha isso, hein, e aquele pensamento veio e foi embora na mesma hora, mas ele aproveitou do mesmo jeito, um pensamento otimista em um lugar como aquele era uma coisa a ser saboreada, um prenúncio de humor já era melhor do que uma moeda de ouro, e o sapo seguiu gelado nas suas mãos, junto do seu peito, um doce fardo, uma alegria, ele não tocava em ninguém e não era tocado há meses, e quanto de loucura não poderia ter sido evitada com o tipo certo de toque? O sapo respirava, ele respirava, e a respiração dos dois se entrelaçava, cada uma no seu ritmo. Juntos, eles formavam uma música assimétrica e curiosamente perfeita.

Ele dormiu daquele jeito, com o sapo junto do seu peito, envolto pelas enormes mãos do Senhor Takata. E sonhou com Sofía em um vestido azul, dando risada. Ela estava em uma praia urbana, na beira de um rio, e ele conhecia aquele rio porque, ao fundo, dava para enxergar a roda-gigante da cidade, aquele brinquedo com uma vista arrebatadora do centro da cidade e um horizonte interminável de água, e que brilhava atrás dela, girando, girando, com suas cabines todas vazias — para onde as pessoas tinham ido? Sofía, ele chamou por ela. Sofía. O rio golpeado pela luz. Ela se virou para ele e sua boca se mexeu como se ela estivesse falando, só que sem emitir qualquer tipo de som.

Quando ele acordou, não tinha mais nenhuma mão gigante, e o sapo não estava mais lá.

O buraco era o mesmo buraco de sempre.

O homem esperou pelo seu amigo por muito, muito tempo. Um dia, dois, vinte. Mas era aquilo. Não ia acontecer mais. Ele nunca mais viu o sapo de novo.

Algumas semanas depois, ele foi retirado do buraco e levado para uma solitária comum por um espaço de tempo elástico e incerto, e aí para outra, e aí para outra. As coisas mudaram e permaneceram as mesmas. A cada transferência, vendado nos fundos de um caminhão militar, ele conseguia de algum modo apurar que seus dois irmãos de luta, seus camaradas, ainda estavam por perto, que eles haviam passado pelos mesmos lugares que ele e que também estariam no próximo destino, em duas solitárias ao lado da sua. Quem tinha acesso às batalhas épicas disputadas em cada uma daquelas celas? Às vezes, em algumas das cadeias, ele ouvia os passos dos guardas com mais frequência e conseguia até escutar os gemidos distantes de seus camaradas ou de outros prisioneiros desconhecidos, o que o lembrava da existência dos seres humanos, do incessante empreendimento da humanidade, e era uma ligação com o resto do mundo, mesmo que a expressão daquele vínculo pudesse ser algo da categoria do sórdido.

O piso das cadeias era, em geral, de concreto, uma superfície fria para se dormir em cima, e não se viam mais tantos chãos de terra. Às vezes as formigas apareciam, as aranhas também, mas elas agora raramente gritavam, e nunca conversavam. Nenhum sapo resolveu dar o ar da graça. Ele escutava com atenção, esperava, às vezes sentia um raio de esperança ao perceber uma movimentação nos cantos escuros da cela, mas nenhum sapo aparecia; claro, era impossível que um novo visitante fosse exatamente aquele sapo específico de antes, ele nunca conseguiria seguir os caminhões militares ao redor do país e chegar até aquela cela distante, como é que essa ideia pôde passar pela sua cabeça, o que é que ele estava pensando, não existia mais nenhum motivo para ele continuar caçando nas sombras aquela criatura cuja companhia ele tanto desejava.

Às vezes, ele evocava as lembranças das suas conversas. Cada momento de troca parecia precioso agora, até as irritações, as voltas em torno do mesmo lugar, as farpas. Era tudo parte de um todo muito maior, frases de um livro querido, e, sem nada para ler a não ser sua própria mente, ele deixou que as palavras faladas vivessem nele como uma espécie de texto, ele as vertia como pétalas, impetuosas, agitando suas cores pelo mundo.

Nem sempre era suficiente. Ele não estava curado. A cura era uma impossibilidade. O único milagre possível era permanecer vivo. A sanidade ainda era uma costura frágil; ele se agarrava a ela esporadicamente, a deixava ir e desabava, lutava contra seus repetidos pesadelos até se erguer de novo se apoiando em qualquer corda na qual ele pudesse se segurar, um pensamento, uma palavra, um som.

Mais quatro anos se passaram.

Ele continuava vivo.

A tempestade começou a ceder quando ele pôde, finalmente, ter acesso aos livros.

Ele também recebeu autorização para que sua mãe pudesse visitá-lo. Ela levou seu próprio rosto para ele, um rosto cheio de amor e da mais feroz determinação para ajudá-lo a sobreviver. Ele procurou por desaprovação ou culpa nos olhos dela, na linguagem corporal da mãe —

pois era um direito dela —, mas não encontrou nada. Ela não podia tocar no filho, mas vê-la já foi o suficiente para ele, quase difícil demais de suportar. Ela levou para ele algumas novidades, sobre a irmã dele, que estava muito bem casada, apesar de não conseguir ter filhos; sobre o marido da irmã, que recentemente havia aparecido e, com toda discrição, sem que ninguém precisasse pedir nada, consertou uma cerca; sobre os netos dos vizinhos, cada vez mais altos. Ela também levou para ele todos os livros que podia carregar. As autoridades permitiam apenas livros de ciência, qualquer outra coisa era ainda considerada muito perigosa, todo e qualquer livro contendo humanos ou ideias produzidas por humanos podia ser um conteúdo subversivo e, portanto, eram estritamente proibidos.

Ele lia cada palavra do mesmo jeito que um cachorro faminto mastiga um osso. Agronomia. Biologia. A extensão das galáxias através do espaço sideral. A estrutura molecular da água, a estrutura celular de qualquer coisa que você pudesse chamar de viva. Cada frase exalava vida. Cada página era um bálsamo para os seus olhos. Sua mente se elevava ao encontro da consciência impressa naqueles textos, naquelas frases que serpenteavam como rios que poderiam carregá-lo até a superfície da água. As autoridades não podiam imaginar, porque, na tentativa de evitar todos os tomos do pensamento humano, eles deram ao futuro presidente o que, para alguém como ele, mais se aproximava de um livro sagrado. Nada de Deus, e sim a natureza. Nada de Deus, e sim o coletivo Nós. Ele buscou pelo coletivo Nós naquelas páginas, procurou pelos presságios dos oráculos que levavam aos mistérios humanos. O que nós somos, ele pensou, ferinamente, o que nós somos? No entrechoque de toda essa glória — mitocôndrias e magma e prótons e, puta merda, sementes — onde nos encontramos? Uma resposta insistia em emergir: não nascemos para vivermos sozinhos. Não existimos no vácuo. Ecologia: o assunto mais subversivo de todos. O tratado socialista secreto e definitivo. Nascemos para nos conectarmos e também para não darmos a mínima uns para os outros — está tudo lá, na ciência. A propagação de uma doença, o balanço da cadeia alimentar ou as alterações no clima, uma coisa afeta a outra e por aí vai, até o fim dos dias. Estamos ligados ao destino das outras pessoas por fios invisíveis, não importa se escolhemos admitir ou não essa questão, e recusamos essas conexões por livre e espontânea vontade. Claro, somos mamíferos, nascemos para o convívio, mas não é verdade somente para nós, é verdade até mesmo para o menos sociável dos organismos, que ainda se alimentam daquilo que os cerca, são sustentados pelos seus arredores e os nutrem em troca, insetos, plantas, fungos; em todos os lugares; mesmo as estrelas produzem sua própria gravidade para manter os planetas na sua órbita no meio daquela escuridão fria e solitária.

    Ele continuava pensando, com frequência, a respeito do sapo e sobre a Coisa, as mãos gigantes do Senhor Takata. Ele as imaginava, às vezes, aquelas mãos, ao redor dele, e apesar delas nunca terem retornado com o mesmo brilho visceral, a versão que ele conseguia evocar era suficiente para acalmar seu corpo, para permitir que ele conseguisse suportar. Mesmo que, sozinho, ele permanecesse parte de uma vasta linhagem de perdas e sofrimentos, retrocedendo no tempo através de todos os horrores de antes — sofrimento e, eventualmente, sobrevivência. Em todo aquele tempo, em todos aqueles dias que se seguiram às conversas com o sapo, antes dos livros e depois deles, independente do quão chato ou brutal ou gélido ou quente fossem seus dias, independente do quanto o medo e a tristeza o atacassem ou de quanto o luto pelo seu país cravasse as garras na sua alma, ele jamais voltou a flertar com a tentação da morte. Nem uma vez sequer. Ele sabia, dali em diante, que queria viver, e que, embora não soubesse se um dia seria livre outra vez, ele continuaria vivendo pelo tempo que aqueles escrotos permitissem que ele vivesse, atrás das grades ou para além delas; não importava o que a vida lhe oferecesse, ele seguiria respirando e lutando e amando — de que outro modo você poderia chamar essa vontade de respirar e lutar? — com toda a força do seu ser.

E, ele pensava consigo mesmo, de maneira feroz, nos seus melhores dias, que rebentavam esporadicamente ao longo dos anos, se eu algum momento conseguir sair daqui, se algum momento eu tiver outro dia de liberdade, eu vou plantar coisas, vou plantar em cada pedacinho de terra que eu encontrar, pode ter certeza que eu vou, vou descobrir uma propriedade para chamar de minha e encher esse terreno de sementes e vou cuidar delas como se fosse a porra de um maluco, vou fazer crescer os talinhos e as folhas e as frutas e as flores até elas brilharem debaixo do céu, o mesmo céu do qual sinto tanta saudade a ponto de oferecer meu braço direito para ter a chance de vê-lo, vou chegar até o céu com minhas mãos e com as coisas que eu vou plantar, abobrinhas, tomates, beterrabas, acelgas, cenouras, orégano, hortelã, salsa, cravos, rosas, íris, lírios e margaridas, porra, margaridas por vários quilômetros, até perder de vista.

— **D**e volta àquele momento com a imprensa — a repórter disse. — Quando o senhor descobriu as notícias sobre o resultado das eleições nos Estados Unidos. O senhor disse "Eu tenho uma palavra para vocês..."

O ex-presidente se juntou a ela e eles falaram juntos:
— ¡Socorro!

Socorro. Ajudem. sos. Salvem nossas almas. Uma exclamação dita pelos que se afogam.

Eles compartilharam um sorriso ao ouvirem o som das vozes em uníssono.

— Exatamente — ela disse. — O senhor falou "socorro". E continuou andando.

— Sim, foi o que aconteceu.

— O senhor pode falar um pouco mais sobre isso?

Ele não sabia muito bem como elaborar o raciocínio. Ele abriu a boca para tentar, pensando, ¡socorro!, mas por que mesmo? Era verdade, o que ele disse a ela alguns instantes antes, que ele falava a primeira coisa a surgir na sua mente. Ele se levantou naquela manhã, no seu quarto de hotel, sem um jornal à mão, sem computador, e os repórteres o esperavam no saguão. Eles o pegaram em um momento de pura reação. Depois que ele disse o que disse, os jornalistas ficaram confusos e olharam uns para os outros, como se pedissem permissão para cair na risada, e eles de fato deram risada, apesar de ter sido uma risada nervosa, o que eles podiam fazer, o que queria dizer o ex-presidente, era uma piada, não era, ou talvez não fosse, embora aquele assunto não pudesse ser mais sério — e sim, era uma piada, mas também era mortalmente verdade. Precisamos de ajuda! Precisamos de ajuda! O que mais se pode dizer? Mas quem vai atender aquele pedido? Quem iria aparecer voando para ajudá-los? O Super-Homem? O Batman? Aqueles super-heróis das antigas revistinhas em quadrinhos importadas onde as multidões olhavam para o céu e gritavam por socorro? Não existia essa coisa chamada ¡socorro! Não existia nenhum ¡socorro! no mundo. Você pode se enfiar em um buraco e ninguém vai aparecer para te ajudar enquanto você passa fome e encara a escuridão infinitamente. Você pode ser atacado por forças do poder sem ter nenhum lugar para fugir. O mundo que você conhece pode se esfacelar e colapsar ou pegar fogo e ninguém vai surgir no céu, na hora certa, para salvar o planeta, não existe cura, fuga, refúgio, e então ele escutou a voz de Sofía ecoando pelos seus ouvidos anos atrás, *o único abrigo que ainda resta é o que a gente dá um para o outro*, e, enquanto ele respirava o ar do jardim que o interligava à repórter e ao câmera e às árvores e à horta, ele pensou, bom, talvez, por que não, pode ser que não exista nenhum ¡socorro! a não ser que você considere o ¡socorro! que podemos dar a nós mesmos, não importam as feições, não importam os custos, nós fazemos por nós mesmos e pelos outros e é isso aí, por uma pessoa, por um país, por um mundo; o super-herói não existe e, ao mesmo tempo, o super-herói é você, esse você óbvio, o você esquisito, o você quebrado, em pé no meio da multidão, olhando para o céu à espera de uma resposta. O único ¡socorro! não está em lugar nenhum e está em todos os lugares. Não vem de ninguém e vem de todo mundo, e é tudo o que temos.

Ele se espantou ao perceber que estava falando. O que ele disse? Quanto de seus pensamentos ele deixou escapar da boca? A repórter o observava bastante atenta, intensamente absorvendo cada palavra.

— Muito obrigada por isso — ela disse. — Que resposta.

Ele resistiu ao impulso de perguntar, obrigado pelo quê? O que eu disse? Mas era tarde demais, no final das contas, para desdizer. Então o que ele fez foi erguer suas sobrancelhas e sorrir.

— Eu poderia continuar te escutando por dias, e tenho um milhão de outras perguntas, mas já tomamos muito do seu tempo. Acredito que estamos chegando ao fim.

Tão cedo?, o ex-presidente pensou, embora eles já estivessem ali por quase duas horas, considerando as mudanças na posição da luz. Ele sentiu uma pontada esquisita no peito.

— É você quem pode me dizer.

Mas o câmera já tinha começado a desmontar o equipamento.

A repórter assentiu.

— Agradecemos muito ao senhor.

Eles se olharam em um silêncio no qual ele hesitou, prestes a dizer quase qualquer coisa, prestes a dizer mais do que devia. Ele sentiu como se conhecesse aquela mulher há anos. Como se ele não fosse se surpreender de vê-la no seu jardim em todas as tardes de vento suave. Como se ele fosse sentir uma falta terrível daquela mulher, caso ela não aparecesse. E parecia que ela talvez estivesse pensando algo similar, mas como ele podia saber? Eles se olharam pelo que pareceu ser um longo período. E ela se levantou. O câmera já havia terminado de guardar o equipamento. Hora de ir embora.

O ex-presidente ficou em pé, pensando, você se controle, seu velho. Ele gesticulou na direção da casa.

— Depois de vocês.

A repórter seguiu em direção à porta, na frente dele, e, olha só, ele não disse uma palavra sequer sobre o sapo, ele manteve aquela concha fechada o tempo inteiro, mas ela pulsou debaixo da superfície durante toda a conversa, e agora uma parte submersa muito profunda dele se via um tanto quanto decepcionada, inacabada, ainda com fome de contar tudo, depois de todos esses anos em que a ostra permaneceu quieta no assoalho do oceano, e por um instante ele se imaginou clamando por ela como um menininho que acabou de passar por uma grande aventura ou que arranhou seu joelho ou que está ardendo de vontade de contar sua história para alguém, alguém que pudesse escutar, olha, olha, você tá vendo como a pele ficou toda lanhada, você nunca vai adivinhar o que aconteceu, eu mesmo não consigo acreditar, e espere só até você escutar o que eu precisei fazer para me erguer do chão, espere até você escutar o que estava esperando por mim depois que eu me levantei, muito mais aventura, você não vai acreditar mas aqui está a prova, olha a terra debaixo das minhas unhas, olha como está duro bem aqui na ferida, quem sabe, pode ser que fique aí para sempre e sempre vou ter um pouco de terra na minha pele, você consegue ver, consegue sentir, consegue imaginar. Mas não. Ela estava indo embora e ele não era mais nenhum menino, a entrevista estava encerrada. A repórter deu um beijo na bochecha dele quando eles chegaram na porta da frente, como era costume no país, ela tinha lido sobre os costumes locais em algum guia de viagem ou mais provavelmente na internet, onde tantos costumes acabam ganhando vida nos dias de hoje, e parecia que o estágio inicial do aperto de mão já havia sido ultrapassado.

— Obrigada de novo — ela disse, e então fez uma pausa, como se estivesse prestes a dizer mais alguma coisa.

Ele queria pedir que ela voltasse. Queria dar a ela um presente, mas não conseguia nem começar a imaginar o quê. Certamente era verdade que ela podia ser sua neta, se, é claro, ele algum dia tivesse sido pai, e poderia até ser sua bisneta se ele tivesse começado cedo na função. Esse era um dos seus maiores arrependimentos na vida, não ter tido filhos, mas ele e a esposa atravessaram seus anos férteis na revolução e dentro de buracos. Será que era algum tipo de instinto avoengo, aquela repentina erupção de ternura? Ele não tinha nada nas mãos, nada para dar a não ser as palavras e o tempo que ele já havia cedido para ela.

Portanto, ele somente sorriu na direção da repórter.

Ela sorriu de volta, se virou de costas e andou na direção da van que a levaria para o resto da sua vida.

A poeira se agitou na estrada de terra enquanto os jornalistas se afastavam da casa.

Ele respirou fundo. O crepúsculo já despontava pelas bordas do céu. Sofía ainda iria demorar algumas horas para chegar em casa. Lá dentro, ele encontrou Angelita bem enrolada na sua cadeira de sempre, ao lado do fogão à lenha, como se dissesse, e aí, vai entrar ou não? Mas ele não queria ficar debaixo de um telhado. Ainda não. Ele pegou o mate e a térmica que havia preparado quando os jornalistas chegaram e retornou para o jardim, descendo a trilha, desta vez se dando conta de que ele não tinha levado os repórteres lá para verem as hortaliças e as flores, puta merda, eles iriam lá no fim da entrevista, mas agora era tarde demais. Não para ele, de todo modo. Ali estavam. Suas abobrinhas. Os tomates. As beterrabas. As acelgas. As flores cresciam atrás da horta, e vê-las acabou destravando algo dentro dele, algo que ficou ali escancarado. Talvez, na próxima vez que um repórter perguntasse o porquê dele viver de maneira tão humilde, ele responderia que não era humildade nenhuma, e sim sobrevivência, e uma forma de se render a uma lei natural básica. Cuide da terra e deixe que, em troca, a terra cuide de você.

Ele puxou um banquinho para perto dos tomateiros emaranhados e se sentou. Alguns anos antes, ele teria se agachado ali mesmo na terra, mas esse era um movimento muito difícil para ele agora. Ele sentiu uma dor no peito, apesar de não saber por quê. Ou talvez soubesse. Ele então focou sua atenção nos tomates, que se sublevavam com seus pequenos frutos verdes, prometendo uma excelente colheita. Naquele verão, ele havia preparado inúmeras jarras de conservas de tomate, mais até do que no ano anterior, talvez tenham sido quarenta. O suficiente para durar o ano todo. No ano passado, ele ficou exausto de tanto enlatar os tomates, mas mesmo a velhice seria incapaz de impedi-lo de repetir o feito. Eles aproveitaram o ano inteiro, aquelas conservas de tomate, especialmente nas pizzas caseiras de Sofía, que sempre o lembrava da primeira refeição que eles cozinharam naquela casa, quando eles compraram a propriedade, para celebrar o milagre de terem um lar. Eles estavam fora da cadeia há somente um ano; os dois se encontraram assim que foram libertados e, depois de treze anos sonhando com Sofía em confinamentos solitários, ele se viu preparado para o pior. Eram muitos anos. Ambos estavam devastados. Ela podia reagir com frieza, podia não querer nada com um homem que a lembrava dos velhos tempos, podia não querer nada com homem nenhum, e quem é que poderia culpá-la. Mas, no exato segundo que ele a encontrou outra vez, ele sabia. Eles ainda conseguiam se falar sem que nada precisasse ser dito, e eles comunicaram tudo um para o outro, ali, naquele lugar, naquele momento, em silêncio, como o desejo havia permanecido com eles, fonte de um calor desesperadamente necessário. Eles iriam enfrentar o mundo juntos a partir dali. Um ano depois, eles compraram a propriedade com aquela sua casinha em ruínas e ela amassou uma pizza naquela primeira noite. Ele observou enquanto ela espalhava o molho de tomate na massa fresca sob uma luz tênue, e a cena pareceu a ele a possibilidade mais bonita na Terra. Vou plantar tomates aqui, ele disse a ela. E ela respondeu, sem erguer os olhos da sua tarefa, *nós vamos plantar de tudo aqui, tudo que nós pudermos plantar*. Agora, décadas mais tarde, Sofía ainda exalava energia; ela havia sido a primeira primeira-dama da história do seu país a simultaneamente exercer um mandato no Congresso, um mandato que ela continuava a exercer, que era o motivo para ela não estar em casa ainda e só retornar com a noite já bem avançada. *Reunião longa hoje*, ela disse a ele naquela manhã, enquanto se despedia com um beijo nos lábios. Com dinâmicos setenta e poucos anos, sua vitalidade parecia imparável. Ele ficaria acordado para esperar a esposa, pensou, e, quando ela chegasse, ele iria esquentar o ensopado de lentilha e ferver a água para o mate, iria perguntar como foi o dia dela, e eles compartilhariam as histórias noite adentro.

Por enquanto, nada havia a fazer a não ser sentar no jardim, escutar o avanço da escuridão e esperar.

Ele se serviu um mate e bebeu. Observou as plantas. Observou suas mãos. As rugas ainda o deixavam em choque, embora mãos cheias de rugas pudessem, sim, continuar a ser mãos habilidosas, como ele aprendeu na infância ao admirar as mãos do Senhor Takata, muito menos enrugadas do que as suas agora, mesmo que, na época, ele tenha ficado abismado com as rachaduras e as marcas do tempo incrustradas naquelas mãos que se moviam tão hábeis, com tanta convicção, entre as flores. Agora ele olhava para suas próprias mãos. As rugas pareciam pertencer a outra pessoa, apesar delas não arredarem o pé dali. Ele achava uma coisa incrível, esse negócio de ter oitenta e dois anos; ele era velho, mas ainda não estava morto, como Sofía com frequência gostava de lembrá-lo ao acordar, *muito bem, bom dia, meu velho, parabéns, você ainda não está morto*. Ele estava vivo, ali no jardim, esperando. Mas esperando pelo quê? Ele não sabia. Pela noite, pelo que fosse aparecer pela frente, pela quietude da terra e dos vinhedos se infiltrando na sua pele, por uma nova pergunta, por uma resposta em relação ao Norte, por uma resposta em relação ao Sul, por um mapa capaz de identificar o terror à espreita, pelo fim do mundo, pelo modo como a luz continuava a capturar a luz do sol até durante o fim do mundo. Pelo sapo. Sentindo um arrepio, ele percebeu que estava à espera do sapo. Mas ele não vai vir, ele pensou, aquele meu velho amigo, ele nunca veio nesta terra aqui e, de todo modo, ele já nem existe mais, é claro, se é que ele algum dia existiu, assim como os filhos dele e os seus tataranetos, é com certeza o que acontece na vida de um sapo, as gerações correm loucamente em círculos e ninguém consegue fazer a roda parar de girar. Tantas criaturas que surgem e vão embora, que são deixadas para trás; somos todos esmagados pelo tempo, não existe escapatória, alguns são mais violentados do que outros, algumas eras são mais violentas do que outras, e agora, com as transformações na ordem global e com a chegada dos horrores provocados pelas mudanças climáticas, me diga qual modelo de violência está em exposição na vitrine, o que é que vai entrar em erupção, o que vai colapsar, o que vai sair do controle e o que vai queimar até a última ponta, o que a próxima geração vai fazer, e a geração seguinte à geração seguinte também, o que sobrou dos sonhos que tínhamos para o mundo e que caralho vamos fazer pra... Ele colocou a cabeça entre as mãos. Respirou. Recebeu a dádiva do oxigênio dos seus pulmões animais, expirou na direção das árvores, de volta ao ciclo das plantas, o ciclo do ar. Às vezes, quando o desespero ameaçava devorá-lo, Sofía dava um leve soco no seu ombro e dizia *olha você aí deprimido de novo mesmo com esse tanto de coisa ao seu redor*. E o que se via ao seu redor? O avanço da escuridão. O suspiro das folhas. Abobrinhas, cravos, margaridas. Cachorros latiam felizes, invisíveis. Lá longe, uma crise se avizinhava, cada vez mais ameaçadora, como uma tempestade no horizonte, prestes a cair sobre todos os campos. A Terra ainda respirava. Desequilibrada, quente demais, com tempestades demais, mas respirava. Os botões, abrigados sob as pétalas, insistiam em se abrir nas roseiras. As ervas daninhas clamavam; olha, ele pensou, todo aquele verde selvagem produzido pela chuva da semana passada.

— Olá? — ele disse para o caloroso ar de novembro. — Você está me escutando?

Ele deu risada, gargalhou, não conseguiu evitar. Ele era ridículo. Mas e daí? Ali estava ele, um ex-presidente, um ex-preso político, o mais pobre isso e o mais pobre aquilo, falando para o nada como um idoso senil, ou, pior ainda, falando para um sapo morto, na esperança de escutar a voz do sapo morto dizendo *você é um babaca* ou *tum-tum-dum* ou *você mal conhece o oceano do possível*. Ele seguiu dando risada, mas sua risada quebrou alguma coisa no ar, lançou um feitiço que o arrastou até a melancolia.

Vamos lá, seu velho rabugento, ele murmurou consigo mesmo ao se levantar do banquinho e se agachar ao pé do tomateiro. Vá lá e cuide do que está bem na sua frente. A terra oferecia suas fragrâncias. As ervas daninhas estavam orgulhosas, radiantes, mas, se os tomates queriam mesmo prosperar, as ervas daninhas precisavam abrir espaço e compartilhar aquele cantinho de terra.

Mesmo o horror é uma abertura. Cada momento é um novo começo, até chegarmos ao final de tudo.

Assim pensou o velho homem ao enfiar a mão na terra e dar início aos trabalhos.

Agradecimentos

Sou incrivelmente grata:

À minha agente, Victoria Sanders, pelos quinze anos de apoio, amor, assistência e inabalável crença em mim. Obrigada por me ajudar a dar à luz esses livros. A Bernadette Baker-Baughman, Jessica Spivey e Diane Dickensheid, pelo trabalho incansável e imprescindível em defesa dos meus interesses tanto dentro dos escritórios quanto muito além deles. À minha editora, Carole Baron, por todo seu tempo, seus insights brilhantes e sua camaradagem, com este livro e com os cinco que vieram antes. À toda a equipe da Knopf, Vintage e Vintage Español, incluindo Reagan Arthur, Abby Endler, Rob Shapiro, Tom Pold, Rita Madrigal, Pei Loi Koay, Susan Brown, Julie Ertl, Nick Latimer, Morgas Fenton e Cristóbal Pera — obrigada pelas muitas, muitas coisas que vocês fazem não só pelos meus livros, mas por toda a cultura literária.

À San Francisco State University e ao George e Judy Marcus Fund, por patrocinarem a jornada literária de oito dias na costa uruguaia que me permitiu capturar as feições deste livro. A Daniel Kochen, obrigada pela hospitalidade. A Gabi Renzi e Zara Cañiza, minhas irmãs de alma, por sempre me fazerem sentir profunda e selvaticamente em casa assim que cheguei no Uruguai, e por me acompanharem com tanta generosidade na pesquisa e no sonho.

Ainda que este livro seja uma obra absolutamente de ficção, ele é inspirado na vida real do ex-presidente uruguaio José Mujica, também conhecido como Pepe. Minha pesquisa cresceu em muitas direções e se baseou em vinte anos de mergulhos obsessivos dados por alguns romances que a precederam, mas agradeço em especial a alguns livros-chave por sua exaustiva documentação: *Uma ovelha negra no poder: confissões e intimidades de Pepe Mujica*, de Andrés Danza e Ernesto Tulbovitz; *Comandante Facundo: el revolucionario Pepe Mujica*, de Walter Pernas; e *Pepe Mujica: palabras y sentires*, de Andrés Cencio. Eu também humildemente agradeço a José Mujica e sua esposa, Lucía Topolansky, pela vida que eles viveram e pela generosidade com a qual compartilharam suas vozes, ideias e histórias. Obrigada à Biblioteca Nacional do Uruguai e à biblioteca da UC Berkeley, pela sua excelente coleção de estudos latino-americanos. Quero também agradecer as inúmeras conversas que tive ao longo das décadas com vários uruguaios comuns a respeito da história, da cultura e da política, dos intelectuais de renome e ativistas aos amigos, parentes e estranhos no mercado a céu aberto ou nos ônibus ou em qualquer lugar onde as conversas aconteciam, o que, no Uruguai, equivale a dizer que é em todo lugar. Sou muito grata a cada uma dessas pessoas por suas contribuições ao meu saber e à minha imaginação.

Obrigada a cada um de vocês que vêm buscando maneiras de construir um mundo melhor e mais brilhante desde novembro de 2016, e também muito antes dessa data, há muito tempo. Obrigada por participarem da costura do futuro.

Um agradecimento imenso a Chip Livingston, Gen Del Raye, Marcelo de León e Achy Obejas, por lerem versões iniciais do manuscrito e por ajudarem a melhorá-lo. Obrigada aos vários membros da minha família e da minha comunidade que me sustentaram, me amaram e me ampararam de inúmeras maneiras enquanto eu trabalhava neste livro, incluindo Shanna Lo Presti, Angie Cruz, Jaquira Díaz, Aya de Leon, Cristina García, Sujin Lee, Darlene Nipper, Parnaz Foroutan, Margo Edwards e a toda a minha amada tribo em Buenos Aires. Obrigada às minhas crianças, Rafael e Luciana, que me mostram a cada dia o significado da beleza, e o que o mundo pode ser, e pelo que estamos lutando. À minha esposa, Pamela Harris, tenho a gratidão mais infinita possível, por um casamento que começou quando casamentos como os nossos ainda eram ilegais e que construímos — como costumamos chamar — sobre uma cultura de apoio radical. Você é a mulher dos meus sonhos mais selvagens; vinte anos depois, você continua a me deixar sem fôlego. Minha amada, minha melhor amiga, minha primeira leitora, minha coconspiradora em todas as coisas: gracias. Vamos plantar de tudo aqui, tudo o que nós pudermos plantar.

Descubra a sua próxima
leitura em nossa loja online

dublinense .COM.BR

Composto em TIEMPOS e impresso na BMF,
em PÓLEN BOLD 90g/m², em JULHO de 2022.